御広敷役 修理之亮
天下びとを守れ！

◆

早瀬詠一郎

コスミック・時代文庫

この作品はコスミック文庫のために書下ろされました。

目次

一之章　唐人《とうじん》お吉《きち》

一

修理之亮《しゅりのすけ》は千二百石、御広敷役《おひろしきやく》となった。その信じ難い職掌《しょくしょう》を与えた老中の阿部伊勢守正弘《いせのかみまさひろ》が急逝して、早くも百日。

将軍の寝所《しんじょ》である大奥の女たちが、江戸城中で唯一顔を出せるところ広敷の役人となったものの、幕府職制一覧にあるのは御広敷番頭か御広敷添役《そえやく》のみとなっている。

「番頭は空席となりしゆえ、そなたが御広敷の筆頭なり」

まことに曖昧《あいまい》な役どころであり、ひとつ間違えれば一切の責めを負う立場のようだった。

伊勢守は修理之亮に阿部の姓まで与え、異母弟として届けてもくれた。

その大きな後ろ楯《だて》は、いない。にもかかわらず、修理之亮へ罷免《ひめん》の沙汰《さた》は下されないままである。

去年までは旗本二百石取り、それも代々つづく将軍の毒見役《どくみやく》でしかなかった。この毒見の文字も職制にはなく、台所方検見役《けみやく》と記されていた。

「日に三度、膳にある飯をひと箸ずつ口にし、半刻《はんとき》ばかりじっとしているだけ。極上の食い物《もん》だが、腹が空くのなんの」

町なかに行けば、言いたい放題。それも江戸っ子侍を任ずる男の口調は、べらんめえ。誰が見ても、直参《じきさん》旗本に思わないだろう。

「修理の旦那は、ほんとに旗本なんですかい。深川の岡場所に通うと思えば、大名家下屋敷の賭場《とば》に顔を出す。それが公方《くぼう》さまの御膳に、箸をつけていらっしゃるなんてことは信じられませんや」

髪結床《かみゆいどこ》の親仁《おやじ》に揶揄《からか》われても、平気の平左《へいざ》。

「堅苦しい御役《おやく》にあると、息抜きをしたくなる。こうやって町場の床屋で髪や髭をやってもらうのも、気持ちよくさっぱりできるからじゃねえか。おぅ湯屋へ、行こう」

顔見知りを湯屋に誘い、二階の溜り場でゴロ寝する。

そこへ渋皮の剝《む》けた芸者でも上がってこようものなら、尻のひとつも撫でるのが常だった。

「ヒャッ」

小さく悲鳴を上げて、修理之亮の手を叩く。

「なんだなぁ、減るもんじゃなし。気が立ってるのかぇ、姐《ねえ》さん」

女が見ると下帯ひとつの侍で、結いたての髷《まげ》が清々《すがすが》しいとなれば、悪い気はしなかろう。

が、芸者も商売である。見た目は良くても銭《かね》に無縁な男と分かって、ハイ左様なら。

結果、なけなしの銭で岡場所へ繰り出す。二十五にもなって修理之亮の縁談話がまとまらないのは、そうした素性《すじよう》が知られていたからだ。

「どうしたことだ。上様御膳検見役というに、どの家も伜《せがれ》を敬遠しておる」

隠居した父親が嘆いたのは、修理之亮が番町の邸《やしき》で質実剛健を装っているのを見抜けなかったからにほかならない。

隣の町家《まちや》となる麴町《こうじまち》を好む修理之亮は、町人の情けに助けられていた。

「修理さんの親御さまへ、まちがっても言っちゃならねえぞ。これぞ、武士の情けだ」

　情けをかけるのは町人、の世の中となっていた。侍は義理を捨て、銭に走る安政四年の今である。

「この頃、見かけないわね。修理の旦那」

「聞いた話じゃ、加増されて新しい御役にありついたとよ」

「すまじきものは宮仕《みやづか》え、気の毒に」

　麹町の湯屋で修理之亮の名が出ると、町人たちがあつまった。

「おれは一度、お邸に黒塗りの駕籠《かご》が入ってゆくのを見た。表札も外されていたぜ」

「修理さんが乗っているわけはねえから、ご重役が乗り込んだって寸法だろう」

「日頃のおこないよろしからず、よって遠島申しつける。じゃないの？」

「罪人ってぇわけじゃねえ、加増だって聞くからよ。まぁ五十石も増やしてもらい、遠国《おんごく》奉行所の役付きってところかな」

「遠国はどこかしら」

「まぁ、佐渡か蝦夷《えぞ》ってところだろう。あそこにゃ、岡場所もねえ。しばらく頭を冷やして参れ」

湯屋の二階に、笑いが起きた。そこへ、ひと声。

「佐渡や蝦夷のほうが、おれには嬉しかったよ」

「あっ噂をすればだ。修理の旦那、ずいぶん立派になられて。袖《そで》の下が効いてのご出世、おめでとう存じます」

「止《よ》せやい。日頃のおこないは良くなかったかもしれねえけど、賄賂《まいない》まではやらぬ」

「黒の紋付《もんつき》に仙台平《ひら》の袴《はかま》、湯屋に来る恰好じゃありませんぜ。お弔《とむら》いのお帰りですか」

「あはは。毎日が葬斂《そうれん》みてぇなもんだ」

「てぇことは、寺社方にお勤め」

広敷だと正しく答えたところで、分かるはずもない。ましてや大奥の女たちに接する役だと言えば、大騒ぎを見よう。

修理之亮は適当に笑って済ませ、羽織《はおり》、袴を外し、紋付を脱いだ。

「お身体《からだ》に肉が付いているってぇことは、もう御毒見役じゃありませんようですね。ご出世なすったのなら、あたし妾《めかけ》に囲ってもらおうかしら」

年増《としま》芸者がすり寄ってきたが、修理之亮の食指は動かなかった。

江戸城大奥の、とんでもない美人を目にする毎日にあれば、市中の女は見劣りがする。

毒見役のときは、魚から青物、菓子に至るまで極上を口にできたが、ひと口だけ。

ところが広敷では、老女でない限り右も左も美女だらけ。これを見つづけていれば、目の保養どころか眩《まぶ》しさに眼をやられる状態になった。

「並か、それ以下……」

「あたしが、並の女だって言うの？」

「な、波が烏賊《いか》の揚《あ》がりを少なくしちまって、日本橋の魚河岸《うおがし》じゃ値が上がると困っておった」

「まぁ。海が荒れてるんですか」

「そうなのだ。御城へ献上の烏賊が、たった一杯で一分《ぶ》二朱《しゅ》……」

「鯰《なまず》の仕業《しわざ》かしらね。となると今に二年前の、大揺れの再来ってことかしら。こりゃ大変だわ」

女とは町家武家を問わず、比べられて下に見られるのを嫌う。なんとか地口にして凌《しの》いだ修理之亮だが、汗を見た。

「ひとっ風呂浴びて、サッパリして来よう」

階下へ降りるとき、二階は早くも地震の話で盛り上がりはじめた。どこへ逃げようとか、火事に気をつけないとの話ではない。

「大工と左官は、大忙しだな」

「いちばんの儲け頭《がしら》は、材木屋。木場の問屋筋じゃ、別宅を構えた旦那衆が大勢出たそうだぜ」

「あたし、材木問屋に近づこうっと」

「俺は伜《せがれ》に、大工になれって言おうかな。手伝い職人でも、祝儀が見込めるはずだ」

「おまえさんの伜は、髪結じゃねえの」

「家をつぶされて逃げる人に、髪を結いませんかとは言えねえだろ」

「かもしれないが、下敷きになった仏の髪をいただいていきゃ、髢《かもじ》として売れるぜ」

「そりゃいい話を聞いた。てぇことは火の用心ですよ、みなさん。髪まで焼いちゃいけねえ」

笑いが起きた。

江戸っ子に、悪意はない。こうした軽口を言いあうだけで、一昨年の大被害を跳ね返しているのだ。

これが女ばかりの大奥という世界になると、洒落《しゃれ》ひとつ通じないところとなりつつあった。

阿部修理之亮は、その住人たちの大家のような立場となっていた。

アメリカの黒船が浦賀沖《うらがおき》に来航して以来、幕府は揺れつづけている。

当初は老中首座の阿部伊勢守正弘が、幕閣にある連中をまとめながら、六十余州を二分することなく今に至っていた。

条約の締結から人材の登用まで、それまでになかったことを次々にやってのけた。

修理之亮の抜擢も、そのうちの一つだった。

「なにをおいても、上様が大事。しかし、よきに計らえと仰《おお》せなのは、われらが諍《いさか》うのを好まぬゆえである。その上様へ夜ごと、あることなきことを吹き込む女の城がある。修理之亮の役目は大奥の粛清《しゅくせい》なり」

伊勢守は言い切ったきり、黄泉《よみ》の国へ旅だった。後ろ楯どころか、味方ひとりいなくなったのである。

そればかりではない。男世界の幕閣に舵取りがいなくなったのだ。

「放っておけば、異国の者どもはわが神国を踏みにじるのではないか。といって、戦える武力が……」

すべては、このひと言に尽きた。大砲《おおづつ》を備えるのも新しい鉄砲を揃えるのも、莫大な銭を必要とするのである。当初《はな》から無理の二文字が、躍っていた。

老中首座に、堀田備中守正睦《びっちゅうのかみまさよし》が就いた。とりあえず阿部伊勢守の考えを踏襲しているものの、寝技《ねわざ》に難があった。

人望といえば語弊があろうが、様々な意見をまとめ上げる力が足りないと噂された。

ましてや大奥への睨みが利くわけもなく、将軍の諾否を左右しかねない奥女中たちの存在を考慮したこともなかった。

知らぬまにとは言わないが、アメリカは公邸を伊豆下田の寺に置き、ハリスなる領事を常駐させていたのである。

その異人を獣《けもの》と言って怖れるのが、大奥だった。

「毛むくじゃらの、熊ほどの大男と聞く。あのような連中が乗り込んでくるなれば、上様ともども甲州か信州へ御城を」

　こうまで言って憚《はばか》らない奥女中が、大勢いた。

　御広敷役の修理之亮にも、聞こえた話である。しかし、将軍の居城を移せば、異国はますます付け上がってくるにちがいなく、幕閣の誰ひとり耳を傾けなかった。

　ひとりも聞こうとしないとなると、女たちはさらなる手を打ってくる。

「修理どの。老中の備中へ、台慮《たいりよ》を推し量《はか》るよう申してくだされ」

　上臈《じようろう》の使者が、修理之亮に言い放った。台慮とは将軍の考えであり、老中首座を備中と呼び捨てたことにおどろかされた。

　その堀田備中守は、蘭癖《らんぺき》と仇名《あだな》される西洋かぶれの大名という。

「備中どのは、異人の言いなりになるのではないか」

「異国なんぞ打払えと強気の水戸斉昭《なりあき》公とは、犬猿の仲となろう……」

　こうなると収拾がつかなくなり、幕閣は小田原評定《ひようじよう》を見せた。

　江戸城溜間詰《たまりのまづめ》でのことである。

「わが祖、光圀《みつくに》は東照権現《とうしようごんげん》さま出陣の折、家光公を守らんと先陣に立ちし勇者であった」

溜間は老中が将軍へ報告する一部始終を聞く立場にある者の殿席《でんせき》で、老中並に家柄のある大名が詰めていた。

黄門と言われた徳川光圀云々《うんぬん》の話を持ち出したのは斉昭で、これに異を唱《とな》えたのが井伊掃部頭直弼《かもんのかみなおすけ》だった。

「わが井伊家は、いついかなる戦《いく》さでも先陣を唯一うけたまわる名誉がござったが、いつ水戸さまが先陣を許されましたかな」

ずけりと言われた斉昭は、すごすごと部屋をあとにしてしまった。

当然のなりゆきだが、これでは政《まつり》ごとを司《つかさど》る幕閣内に一致など見られるわけもなかろう。

斉昭がおのれの意見以外に反対を唱えれば、ほかの老中たちも私欲を剝き出しにする。それらをまとめ上げねばならない老中首座に力がないゆえに、小田原評定となっていた。

修理之亮は呆《あき》れた。むろん、意見を具申できる立場にはない。たった一つ考えついたのは、伊勢守のような人物がいかに大切かということだった。

その人物が、大奥にもいた。

老女の瀧山《たきやま》である。

先々代将軍より仕え、齢《よわい》五十二。品格に加え色もある御年寄は、大奥の老中として女の城をまとめていた。

亡くなった阿部伊勢守とは昵懇《じっこん》の間柄で、大して役に立たない修理之亮を買ってくれる母のような人だった。

女でありながら、国是《こくぜ》という幕府のありようを示す指針を抱き、なおかつ女を男と同等の立ち場にと願う人である。

瀧山が修理之亮を前にして、口を開いたのは昨日のことだった。

「ハリスなる異人を、知っておりますか」

「はっ。伊豆に駐在せしアメリカ国の領事と聞き及びます。半ば白くなった髭を伸ばした元交易商の男と」

「わらわと同じ、五十二になる男とか。独り身のようで、下田奉行はハリスへ仮《か》り女房を差し出したのです」

仮り女房、すなわち枕を共にする妾が出されていたことに、修理之亮は聞き返した。

「異人が自ら求めたのではなく、わがほうより女を貢《みつ》いだのですか」

「さよう。忖度《そんたく》と考えてよいでしょう。修理は、どのように思うてか」

「下手《したて》に出すぎではないかと、思わざるを得ません。身のまわりを世話するなら、老いた女中です。その女房は廓《くるわ》づとめをしていた者でしょうか」

「おきちと申す十六の娘で、一年ばかり芸妓の見習をしていたものの、家の事情で辞めていたそうです。下田奉行は支度金二十五両で、領事のもとへ送り出したと聞きます」

貧しさにつけ込み、無理やりであったなら許し難いと、瀧山は眼の奥を光らせた。

「修理、そなたに下田へ行ってほしいのです」

瀧山のひと言は力強く、修理之亮は思わずうなずいてしまった。

職制上、広敷における筆頭職は大目付を辞した留守居役だが、実権は大奥の側にあり、瀧山の下命であれば拒めるものではない……。

伊豆へ赴《おもむ》くとなると、当分は江戸にいられない。修理之亮はしばし別れのつもりで、垢《あか》を落としに湯屋へ行った。

二

旅の空の下にいた。

といっても街道を歩くのではなく、幕府の御用船に乗っての船旅だった。霊岸島《れいがんじま》の船着場から伊豆の下田湊《みなと》まで。風にもよるが、早ければ一日かからずに着くと教えられた。しかし、江戸の湾を出た船は、大波に翻弄《ほんろう》されはじめた。

海を行く船に乗るのは初めてで、江戸市中や武州に網を張りめぐらせる川を行く舟とはまるでちがう。

葛飾北斎《かつしかほくさい》の描く『神奈川沖浪裏《なみうら》』を思い出し、怖くなってきた。時化《しけ》に遭い、大浪に弄《もてあそ》ばれる船にしがみつく人々は、おそらく神仏に祈っている姿なのだ。

それどころか、修理之亮は胃ノ腑《ふ》から突き上がる嘔吐《おうと》に耐えられなかった。吐く。目がまわる。手あたり次第にしがみつく。ふたたび戻しそうになり、必死に堪《こら》えるもののまた吐いてしまう。

これを繰り返すうちに、出る物がなくなった。ところが、胃ノ腑は締めつけられ、喉元を絞り上げてくるのだ。

目をつむってみるものの、頭の中はグルグルとまわっていた。

海に投げ出されてはと、両手だけは離すまいと指先が固まるほど船べりを持ちつづけた。

どこかへ身体がぶつかり、塩からい海水を浴びた。

――もう二度と、船なんぞに乗るものか。

決めたのはいいが、下から身体を持ち上げられるとすぐ、谷底へ落ちてゆく感覚に苛《さいな》まれる。

「も、もう帰る。え、江戸へ戻れっ」

叫ぶ声は波音にかき消された。嘔吐の気持ち悪さは通り越し、死への恐怖へと変わっていた。

――おれは、死ぬ。二十五年の一生は、なにほどのこともなかった。死を目前に、人が清い心に立ち還るなんてぇのは、嘘だ……。

妻も子もなく、嬉しい思いに巡りあうことなく、忍従《にんじゅう》の生涯だったのではなかったか。

将軍と同じ物を口にしたが、五十回も数えながら噛んでいなくてはならなかったことで、味は失《う》せた。

ほんのいっとき江戸城大奥という龍宮城にいたものの、乙姫の手を握るまでにも至らなかった浦島太郎なのである。

吐き出す物のない口から出たことばは、一つ。

「馬鹿野郎っ」

ビショビショに濡れたまま、いつ終わるとも知れない大暴れの海に弄れつづけるだけだった。


「豆州《ずしゅう》下田に着きましてございます」

言われた修理之亮は知らぬまに、寝入っていたらしい。

あれほど荒れた海は、湊が近づくにつれ嘘のように凪《な》いでいた。

——生きている。

着いたとたん、吐き気どころか目眩《めまい》まで治まっていることが不思議だった。

「済まぬが、口から戻した物が船べりを汚したようだ」

「なぁに、すっかり波が洗い流してくれてまさぁ」

船頭が笑っている。

幕臣として恥ずかしくないよう、フラフラ歩かぬよう立ち上がった。

信じ難いが、船酔いは嘘だったかと思えるほど失せていた。

「阿部さまでございますね。瀧山さまより、話は伺っております。拙者《せっしゃ》下田奉行所与力、片桐重太郎《かたぎりじゅうたろう》と申します」

陽灼けした四十男は、ひとまず宿《やど》へと修理之亮をいざないつつ歩きだした。

「アメリカ領事は、あれに見えます玉泉寺《ぎょくせんじ》を公邸としております」

指差した先に、見たことのない幟《のぼり》が風に揺れていた。白地に赤と青、国をあらわす旗と呼ぶものだという。

「わが幕府は、葵《あおい》の紋を旗とするか」

「いいえ。白地に赤い日輪でございます。江戸よりお乗りの御用船に、あのとおり翻《ひるがえ》っております」

知らなかった。気にも止めないでいたのは、風向きを知るためのものと考えたからだ。

――これでは、国是《こくぜ》をなんぞと考える者にはなれぬ……。

「さて、当地へ赴いた理由《わけ》だが――」

「それより海水を浴びつづけたお着物、これをなんとか致しませんと」

言われるまでもなく、生乾《まながわ》きの紋付羽織袴《もんつきはおりはかま》に足袋《たび》までが酷《ひど》い有りさまを見せていた。

案内された旅籠《はたご》は小体《こてい》ながら、湯宿と言われ喜んだ。

「着替えの礼装一式、瀧山さまより言付《ことづ》かっております。まずは塩水を浴びた身を、洗い流してくださいさい。話はその後で」

至れり尽くせりの始まりは、岩風呂と呼ぶ掛け流しの湯船だった。

江戸の湯屋など足元にも及ばないところに、修理之亮ひとり。これ以上の贅沢はないだろう。

異国が初めて公邸を持った地であり、異人領事が妾《めかけ》をあてがわれた。この二つだけでも大ごとなのに、赴いた男は溢《あふ》れ出る湯に満面の笑みを見せた。

——おれの人生は、喜びに溢れている。

御用船の中での嘆きと、正反対となった。

湯から上がると膳が用意され、酒まで付いていた。

「色気のないのは、ご勘弁ねがいます」

酌をする手付きがぎこちない重太郎は、刺身は極上だと胸を張った。

「なるほど。海が近いとは、こういうことか。上様に召し上がってほしいところだが、活きのよさは失せよう……」

舌鼓《したつづみ》を打ちたくても打てない家定《いえさだ》公の無表情が、修理之亮の脳裏に浮かび上がってきた。

人には言えないが、修理之亮は将軍を抱えたことがある。ほんのひと月前で、そこは大奥御鈴《おすず》廊下だった。

かなり弱られていた家定公が、あまりに軽かったのを憶えている。

将軍は噂されるような空《うつ》けではない上、国是を口にした将軍なのだ。子ができないのも、女が嫌いというより人間そのものを信じられないからのようだった。

生の物も熱い物も食べることが叶わず、女たちからはありとあらゆる媚態《びたい》で責めたてられているにちがいなかろう。

そこへ今、将軍継嗣《けいし》の話が取り沙汰されはじめた。病弱な家定公の先ゆきを、案じてのことである。

思わずため息をついてしまった修理之亮に、与力の片桐は済まなそうに頭を下げた。

「いかがしてか、片桐」

「はっ。当奉行所の力不足を、阿部さまは呆《あき》れておられるのではと察します」

「力が足りぬと申すほどの失態ぶりを見せたとは思わぬが、領事なる異国の役人への行き過ぎた忖度《そんたく》は如何《いかが》なものか」

「忖度とは」

「ハリスと申す者へ、女をあてがったことだ。常駐したとはいえ、接待のやりようはほかにもあろう」

「左様な押しつけがまがい、というか下世話な真似、こちらからは致してはおりません」

きっぱりと言い返した片桐は、とんだ誤解だと険しい目を向けた。

「では女を送り込んだとは、聞きちがいであったか」

「正直に申し上げます。この五月、下田奉行所の名で二名の女を領事ハリスと蘭人ヒュースケンのもとへ、介護人として向かわせたのは事実です。しかし、それは領事側からの要請に添ったのでありまして、賄賂《まいない》まがいのものではございませんでした」

「アメリカ側から、要請があったと」

「はい。ハリスどの病弱ゆえ、世話人をと申して参ったのです。当初、われらは老婆《ろうば》を選びましたが、若い女にしてほしいとの話になりましたのです」

「………」

　誰が考えても、腰から下を処理する女を欲しているのだと分かることだ。が、拒めば黒船の大砲《おおづつ》が向けられるのではないかと、奉行所は判断したのだという。

「どう致すべきか江戸へ相談するのが本筋でしたが、先方は矢の催促で待てなかったのでございます」

「領事ハリスの横車であったか」

「いいえ。この件に関しては、すべて通詞《つうじ》ヒュースケンのみが交渉に来ておりました。すぐに知れたことですが、ハリスは三日後に介護人お吉《きち》を送り返して来ました」

　気に入らなかったのかと、別の女を差し出したものの、ハリスは無用と言ってきたという。しかし、通詞のほうはいまだ女を離していなかった。

「ということになると、女を欲したのは通詞であったか……」

　修理之亮のつぶやきに、片桐はうなずいた。

　考えるまでもないことである。国の代表として赴いた領事が女に溺《おぼ》れたとあっては、外交上の弱味となってしまう。

「ヒュースケンなる蘭人は若く、ことばに長《た》けてはおるものの、われらを上から見下すところがございまして」

「通詞は、そなたと片言《かたこと》でも話せるのか」

「わがほうの通詞は、みな蘭語を操《あやつ》る者ばかり。ハリスどのは英語のみゆえ、ヒュースケンを仲立ちにせねばなりません。この正月、彼奴《きやつ》は当地の破落戸《ごろつき》に脅されました」

威丈高《いたけだか》なところが嫌われたらしく、匕首《あいくち》を向けられた通詞は奉行所へ駈け込んで来たという。

「で、奉行所としてはどう致した」

「どのような理由であれ、異人であります。ことを穏便にと、破落戸を土地では誰もが知る狂人だと申しました。詫料《わびりょう》を出したところヒュースケンは受け取り、引き下がったのです」

「おれの見るところ、ヒュースケンは不良外人であろう。訳しておる中身を吟味したいが、人がいない」

「当奉行所もそれを危惧し、英語に長ける者を探しつつ養成致しておるところです」

ここへ来るまで修理之亮は下田奉行所を軽んじていたが、幕府もそれなりの考えをもって人選をしていることが分かってきた。

出向くまでのことではなかった。とはいえ子どもの使いではあるまいし、心配するほどのことはございませんと帰るのはいかがなものだろう。

「おれは三日ばかり、休みを頂戴《ちょうだい》している。遊ぶつもりはないが、お吉と申す女と話してみたい」

「それが本人は嫌われたと思い込み、在所の実家へ帰ってしまいました。お吉はいささか気の強い女で、われらの取調べにも答えてくれません。如何でしょう阿部さま、町人を装って近づいてみるのは」

髷《まげ》を変え、安っぽい着物に安直な背負いの荷をつければ、べらんめえことばの江戸商人に思われるはずと、片桐は笑った。

「売る品物は、江戸の古着にでもするか」

「それは、よいですね。お吉は大枚の支度金を手にしておりますゆえ、買えるはずです」

片桐は早速用意しましょうと、出て行った。

御広敷役の修理之亮には、アメリカ公邸にハリスなりヒュースケンを訪ねることはできないのである。

領事公邸に三日でも入っていた女に、あれこれと訊《たず》ねるほかなかったのである。

それでも国是に関われそうで、大奥ご老女瀧山さまの役に立てそうな気になってきた。


翌朝、髪結《かみゆい》の男を伴ってあらわれた片桐の姿におどろいた。

「なんだ。おぬしも町人に」

「土地に不案内な阿部さまに、わたくしめが同道致します」

「ありがたいが、おぬしの顔はお吉に知られているのではないのか」

「心配には及びません。玉泉寺の公邸にも、奉行所の取調べにも、関わらずに参りました。わたくしは下田奉行所の、勘定勝手方《かんじょうかってかた》でございます」

髷を結い直しながら、修理之亮は下田奉行所の台所事情を訊《き》くことにした。

「言うところの銭《かね》の出納《すいとう》を、軽々しく口に出すわけには参りませんが、瀧山さまが信を寄せておられる阿部さまなれば、話は別です。髪が結い終わりました後、歩きながらでも」

老女瀧山の名が伊豆の先端にまで轟《とどろ》いていることに、修理之亮は嬉しくなった。

「おぬしは、ご老女を知っておるのか」

「下田へ赴任致す前、なにを隠そう広敷にて、番頭の山本さま付きをしておりました。安政と改元される頃までです」

安政となった年アメリカの黒船が再来、幕府はとうとう神奈川条約（日米和親条約）を結んだ。

その出先機関として相州《そうしゆう》浦賀と豆州下田が重要な地となり、そこに働く役人が選抜された。人材登用のはじまりである。

禄高にこだわることなく、有能とされた幕臣が各所からあつめられた。そこへ手を挙げたのが、瀧山だったという。

「奥向《おくむき》よりも一名、差し向けたい」

ときの老中首座阿部伊勢守は、承知しかねると突っぱねた。ところが、瀧山の言いようがふるっていた。

「お歴々は、湯水《ゆみず》の如く銭を使うと大奥を誹《そし》られます。それは認めよう。なればその勝手台所にあった者に、異国対応の算盤《そろばん》を持たせては如何なるや。しみったれた銭の使い方しかできぬ勘定奉行所の者より、役立つと思うが」

伊勢守は即座にうなずき、片桐重太郎は下田奉行所へ異動とされた。

それ以来、翌年に安政大地震があっても先行されたのが、異国対応だった。

「領事らが食べる物から、着物、家具など、欲するままに諸国より取り寄せ、作らせております。かつての大奥並みになりました」

片桐は笑って答えた。

「台所方検見役のおれとは、ちがう。算盤ひとつ使えぬ遊び人だよ」

「なにを仰《おお》せで。阿部さまが剣の使い手とは、聞いております」

「馬鹿を申せ、女護ヶ島《にょうごがしま》は鯉口《こいくち》すら切れねえところだぜ」

修理之亮は髷ができると立ち上がり、地味な縞目《しまめ》の袷《あわせ》に袖《そで》を通した。

「似合いすぎますな。根っからの江戸っ子です」

「あはは」

三

歩きながらの担ぎ商人は、話しはじめた。

「お吉の実家はこの丘の上にあり、船大工だった男親は早逝《そうせい》。ありがちな話ですが、お吉は芸者となって一家を支えようとしていたのであります」

「下田では、いきなり芸者になれるのか？　江戸に限らず京でも大坂でも、下地っ子あるいは半玉と申した見習からはじめるものであろう」

「わたくしは左様な仕来《しきた》りに疎《うと》い者でありますが、確かにそうですな」

「不見転《みずてん》芸者か」

「はぁ？」

「相手を見ることなく転ぶ、つまり客と枕を専《もっぱ》らとする芸者だ」

「どうでしょうか。分かりかねますが、左様な下卑《げひ》た娘を奉行所として差し出したとは考えられません……」

片桐は首をひねった。

「ヒュースケンの女はどうだ」

「名を、お福《ふく》。今も公邸におります。聞くところでは、通詞が湊で目をつけた娘のようです」

「お福の実家なり、奉公先を知っておるか」

「それが……」

口ごもった片桐に、修理之亮はなぜと目で問い返した。

「かような話は口にしづらいのですが、当地において異人は獣《けもの》のように思われております。そんな男と、となりますと外を歩けません。洋妾《ラシヤメン》と蔑《さげす》まれ、石つぶてまで飛んできます」

毛織物の羅紗《らしゃ》、これに女を意味するメンを付けた。一度でも異人と交わった女は、宿場の女郎屋でも受け入れてくれないと、片桐は言い添えた。

「となると、お福は出自《しゅつじ》も言わずヒュースケンのところへ」

「親にしてみれば、娘が瑕《きず》ものどころか人外人《にんがいびと》となるのです。勘当して、自分たちは伊豆の地を離れましたそうで……」

「支度金が二十五両も出たなら、それを手にどこへでもか」

「はい。お福へは今も月々十両ほどもたらされておりますゆえ、相当たまっておるでしょう。いつ追い出されても、ですかね」

「気前がいいな、下田奉行所は。女ひとりに、それほども」

「われらの俸給以上ですが、それもこれも異国との関わりが」

笑うに笑えないと、片桐は顔をしかめた。

段々畑が少し、ほかには栗と蜜柑《みかん》の木が見える村が拡がってきた。

「村の外れのここなのですが、もう逃げてしまったかな……」

無人のあばら家を見せ、お吉の実家だと片桐は入っていった。

「うわっ」

声を上げた片桐は、帯の結び目をつかまれていた。その後ろに、山姥《やまんば》を見たような婆《ばあ》さんが這《は》い出てきた。

乞食と思った。ザンバラ髪に白い虫が群れ、欠けた前歯が茶色く濁り、顔に大きな青黒い痣《あざ》がある。

片桐は老婆をふりきり、修理之亮を促しながら首をふった。

「どうやら、お吉の家の者は村から逃げたようです。帰りましょう」

「お吉は、おらの娘ずらっ」

「――――」

立ち止まった片桐は、怒鳴った。

「婆さん。お吉はどこにおる」

「おりはせんずら、酷《ひど》い目に遭ったで」

「もうひとつ、娘が玉泉寺へ入ったとき大枚をもらったであろう。あの銭《かね》は、お吉が持って出たのか」

「おめえ様たちも銭を盗りに来たのなら、鐚一文《びたいちもん》残ってねえずら」

「盗った者は」

「与太者《よたもの》と、攘夷《じょうい》の志士とか名乗る浪人ずらっ。家じゅう探しまわって、すっかり持っていった……」

「その折、殴られたのか、顔の痣は」

「毎日のように餓鬼《がき》どもが来て石を投げ、歯も折れた。洋妾と言って」

在所の村でも洋妾と蔑まれ、居られなくなったようだ。

一方に攘夷を叫ぶ偽《にせ》志士、もう一方には謂《いわ》れなき中傷をする庶民。これこそ、異国がもたらせた土産《もの》だった。

もちろん異国や異人がいけないのではなく、それを拒みつづけてきたことに原因がある。そして貧乏籤《くじ》を引くのは、決まって下層の者と決まっていた。

せめて償《つぐな》いになるならと、修理之亮が財布を出したときに声が聞こえた。

「なんだ婆さん、お吉に託された銭が来たずらの」

破落戸《ごろつき》が三人と、用心棒らしい侍がニヤニヤと近づいていた。

「蠅《はえ》か、おまえたちは」

財布を横取りしようとした男を躱《かわ》し、修理之亮は言い捨てた。

「面白《おもしれ》えや、腕の一本もへし折ってやるっ」

拳が飛んできたが、難なく肘《ひじ》で受け止めると、手刀を男の腕に叩き落とした。

「い、痛《いて》えっ」

大袈裟な声を上げると、ほかの三人が取り囲んできた。修理之亮も片桐も、脇差ひとつ持ってはいない。姿は町人である。

用心棒が脅しの抜刀をした。片桐の目がわずかに怯《ひる》んだ。どうやら算盤侍《そろばんざむらい》は武芸に無縁らしく、あてになりそうではなかった。

腕を痛めた男は下がったが、残る三人は目で凄んだ。

侮《あなど》るつもりはない。田舎にも腕の立つ者はいるだろう。

「おう、これが見えねえのか」

俠客《きょうかく》が得物《えもの》とする長脇差が修理之亮の眼前に躍り、ギラリと光った。

威嚇《いかく》をするときは、持ち方が本気でないことが多い。摑みようが、弛《ゆる》くなるのだ。

「なんでしょうかね、光りものですか」

言いながら、修理之亮は素早く奪った。

「あ、あっ」

上げた声が遅かった。

そのまま修理之亮は長脇差を、用心棒の鼻先に向けた。

大きめの鼻、頬骨が盛り上がり、厚い唇。このご面相だけで、腕などなくても用心棒になれるのだ。

「江戸じゃ、流行《はや》らねぇ面《つら》。女には、もてなかろう」

言ったなり切っ先を突くと、鼻の頭から血が吹き出た。

「でやぁ」

胴間声《どうまごえ》と共に顔を血だらけにした侍が、上段にふりかざした太刀を真っすぐ下げおろすと――

シャ。

空を切る音は虚《むな》しく、峰に換え直した修理之亮の長脇差が用心棒の肩口に食い込んだ。

「危ないっ、阿部さまっ」

片桐の声が修理之亮の耳に届いたが、遅かった。

背後から襲ってきた三人目の匕首が、修理之亮の左腰を突いていた。

さらに残るひとりが右脇腹を目掛け突進してくるのを見て、体をひねった。

躱《かわ》せたものの、左腰にまとわりついたままの男は離れず、修理之亮は熱い痛みをおぼえはじめた。

ドンッ。

腰から離れない男は、片桐の体当りで吹っ飛んだ。

「この野郎っ」

御広敷役ともあろう旗本が、口に出すことばではなかろう。しかし、手にしていた長脇差で、男の腿《もも》を突き刺す。

「げへぇっ」

唸《うな》り声が降参を見せた。残り無傷のひとりが、介抱役にまわっていた。

「阿部さま、大丈夫でございますか」

「片桐。見れば分かろうが、大丈夫ではないようだ。おまえ方はなにかあると、大丈夫かと口にする。言われたほうは口が利ける限り、大丈夫だと答えるしかないっ。実に不愉快なことばである」

「申しわけない次第。湊《みなと》へ戻り、医者を呼んで参りますが、その前に薬籠《やくろう》の血止めを」

下げていた大きめな印籠《いんろう》を出し、片桐は修理之亮の傷口を見た。

「これは酷い、重症でございますな。血がドクドクと……。あっ、腰ではなく臀《でん》部《ぶ》、尻ですな」

着物をまくり上げられ、恥ずかしい様を晒《さら》してしまったが、腰でないことに安堵した。

修理之亮は人と比べ、脚が少しばかり長い。腰の急所をと狙われたが、幸いなことに尻を抉《えぐ》られたのだ。

歩ける。しかし、坐《すわ》るのは当分できそうもなかった。

血止めをたっぷり塗られ、片桐の肩を借りることなく奉行所に戻ることができそうである。

「婆さんに、これを」

財布ごと片桐に渡し、土地を離れろと言い置いたのは、せめてもの餞別《せんべつ》のつもりだった。

アメリカ領事ハリスについて、何ひとつ収穫を上げられず戻ってきた。修理之亮は、ハリスの人となりを知りたかったのを思い出した。

いかなる役に就こうとも、その人となりがどれほど大きな影響をもつか、多くの者は知ろうとしない。

将軍から乞食まで、誰もがその姿かたちから判断をしてしまう。

「お姫さま育ちだから、気づかないのだわ」

「貧乏人なんぞ、どいつもこいつも意地汚ねえよ」

そうではないと言いたかった。

大店《おおだな》の子に生まれ育った兄弟でも、大らかな者と吝嗇《けち》なのがいるのを見かけた。裏長屋の姉妹に、気立てのいいのと性悪《しょうわる》がいたりもする。

顔かたちが異なるように、人品骨柄《じんぴんこつがら》はちがうのだ。

とすれば、幕府がアメリカと対峙するには、ハリスという男そのものと向き合わねばならなかろう。

下田奉行その人に、そう言いたいのを抑えた。

千二百石ながら御広敷役であるからこそ、そこまで口にできるものではなかった。

「いつか、好き放題にものが言えるようにならぬものだろうか……」

修理之亮のつぶやきを、片桐が聞いていた。

「江戸っ子の阿部さまの仰《おつしや》言ることばとは、とても思えませぬ」

「おれが勝手気ままに、ものを言っているとでも――」

「申されておられます。わたくしなど、とても口にできぬことを、いつも」

「尻が痛いとは、言っておらんぞ」

「侍なれば、仕方ございません。しかれども、これを塗りますと、喚《わめ》くでありましょう」

片桐は手にした大判の膏薬《こうやく》に真黒な脂をたっぷり付けると、修理之亮の傷口に押しあてた。

「くぅ、くわぁっ。痛《いて》えっっ」

「申し上げるのも気が引けますが、ペルリが神奈川に上陸して以来、ここ下田は不穏を見せつつあります。攘夷を名乗る浪士はもちろん、俠客を任ずる破落戸まで便乗する始末。先刻の連中など、相撲なら幕下格でしかございません」

「となると、奉行所は警固にまで気を配らねばならぬか」

「領事公邸には日夜二十名の番士を置いておりますが、焼討ちを仕掛けられたなら、ひとたまりもないでありしょう」

「そうか。火消が要るな」

修理之亮は、思い出した。浅草の新門辰五郎《しんもんたつごろう》だ。その手下には、火消人足が大勢いるはずなのだ。

「仰《おお》せのとおりなれど、豆州の、それも目の前が大海原の当地には、火消などいたためしもなければ、道具もございません」

「片桐。江戸に早船を仕立て、浅草の新門一家へ使いを頼んでほしい。辰五郎親分なら一組《ひとくみ》ばかり廻してくれる気が致す」

「阿部さまは、あの新門辰五郎とご昵懇《じっこん》の間柄で――」

「なんとなくというか、よく分からねえ仲さ。江戸の火事と博打《ばくち》の総元締みてぇな男だが、国是《こくぜ》を背なかに貼りつけやがった」

「国是、わたくしも肝に銘じておることばです。通じたかどうか分かりませんが、領事ハリスのもとへお吉を送り出す同心に、国是すなわち私心《ししん》を捨てて万民のためとなる女なのだと申しおくよう伝えました」

「…………」

痛々しすぎるとしか思えず、修理之亮はうなずけなかった。

十六歳の小娘である。それが六十余州を一身に背負うことになるなど、思いもしなかったにちがいない。

考えるだに、口の中が苦くなってきた。

渋い顔となった修理之亮を見て、片桐は血止めに効く漢方を飲む時刻ですと、薬を取った。

飲んだ。

「大層苦いと聞いておりますが、馴れましたようですな」

「甘いな、実に甘い。国是に比べりゃ、良薬とて甘露《かんろ》なりだ」

「そうしたもので……」

「分からずともよいのだ。とにかく、江戸への使いを願う。いま一筆したためるゆえ」

尻が痛く、俯《うつぶ》せのまま修理之亮は辰五郎への筆をとった。

四

傷口は思いのほか早く塞《ふさ》がったものの、医者に完治はほど遠いと言われた。

二日三日とゴロゴロするのは暢気《のんき》でいいが、江戸侍には辛くなってきた。

果てしない伊豆の大海原を眺めつつ、両足で立って生きていることを感じたかった。

ところが奉行所の周りには、修理之亮に返り討たれた破落戸《ごろつき》仲間が見張っているという。

「公儀の奉行所役人が、与太者《よたもの》ごときに臆してか」

修理之亮が呆《あき》れると、片桐は下田奉行所の昨今を、眉間《みけん》を寄せつつ説明しはじめた。

「もとより外国掛《がかり》として創設された、言いようを変えれば幕府の出城《でじろ》です。はじまりは沖に出没する異国船の見張りにすぎませんでしたが、今やアメリカ領事公邸が置かれるほどになりました。にもかかわらず、人員はとても足りておりません……」

神奈川にペルリが上陸して以来、下田には倍以上の役人が配備された。当初は、警固方《けごかた》が大半だったが、和親条約が結ばれると外交や勘定といった実務方が増えてきた。

「そこまでは、思惑どおりでしたが、領事ハリスが居ついたことで、下田の湊《みなと》はとんでもなく人が増えたのです」

「攘夷連中であろう」

「はい。諸国の脱藩浪士はもちろん、それと一緒になった破落戸どもです」

「暇をもてあます幕府御家人なら、ごまんとおる。警固に使えようが」

「確かに、おりましょうが、百人余の幕臣を下田に住まわせ、食わせなくてはならんのです」

「銭《かね》、ってことか……」

「宿舎となる長屋に、賄《まかな》いの者たちも含めた出銭《でぜに》だけでも相当な額になります」

「今のままでやれと」

「いいえ。江戸城のお歴々も、考えました。諸藩へ、警固方の藩士を命じましたのです」

「おれは目にしておらんが、下田のどこぞに隠れているのか」

「来ましたです。二百か三百名ばかりが……」

片桐は息を継いで、口を開いた。

「ふた月ばかり、おったのです。ところが、各藩とも三々五々引き上げてしまいました」

「裏切ったというより、背信であろう」

「でありましょうが、それを幕府に楯《たて》ついたと言い募《つの》られるお人は、江戸城におりませんのではありませんか」

「………」

図星と言い返したかった。

かつては天下びとと称される老中、たとえるなら田沼意次《おきつぐ》、松平定信《さだのぶ》、水野忠《ただ》邦《くに》らが、有無を言わせず六十余州を仕切っていた。

強権の発動など好まれるはずもないが、それでもよしとされたのは、一にも二にも将軍の威光が控えていたからである。

徳川家《とくせんけ》の力は、黒船来航によって失《う》せつつあったのだ。

聞くところでは、京《みやこ》の孝明帝《こうめいてい》は攘夷に凝り固まっているという。そればかりか征夷大将軍を授けたのは帝《みかど》ゆえ、将軍は格下ではないかとの考えが持ち上がっていた。

考えるまでもないことだった。御広敷役の修理之亮は、半ば公然と大奥に出入りしているではないか。

ほんの数年前だったなら死罪、一族郎党は閉門の上に遠島となったろう。

逝去した阿部伊勢守は、実に巧みな方策をもって幕府をまとめ上げた。瓢簞鯰《ひさごなまず》の名を冠されていたように、のらりくらりと着実に足場を固め、和親条約を取りつけたのである。

が、人望ある老中は、もういない。

修理之亮の周囲を眺めても、これぞと言える人物はいなかった。

「おるっ。瀧山さまこそ、影の老中なり」

「阿部さま。大奥のご老女が、なにか」

「いや。ひとり言だ。さて話のつづきとなるが、警固方は足りぬのだな、ここ下田に」

「破落戸ごときに対応できる者は、数名。それとても、領事公邸の見張りに駆り出されておりますゆえ、江戸より火消を送り込んでくださるだけでも、万々歳となります」

権威がないばかりか、銭にも事欠く今なのである。

「ひとつ訊《たず》ねたい。当地の民百姓は、いかがな暮らしをしておるか教えてくれまいか」

「銭で申すなら、それなりに潤《うるお》っておるようです」

「潤っている――」

「諸国からの浪士に、それに乗じる俠客《きょうかく》もどきがあつまれば、寝床と飯を供する旅籠《はたご》はどこも一杯。今や百姓家が母屋《おもや》を貸し、自分らは納屋《なや》に。気の利く漁師は一膳めし屋をと、それなりの繁昌を見ておりますす」

「浪士らへの銭は」

「まっとうな元藩士は、秘かに大名より。胡散《うさん》くさい浪人であっても、抜け目ない商人が背後にいると聞きました」

「商人が、儲けられるのか」

「よくは分かりませんが、異国との商いを想い描くと、攘夷連中が騒ぐだけでも儲かると見込む商人がおるようです」

「どのように」

「嬉しくはありませんですが、どこぞより新式の鉄砲などが持ち込まれていると……」

攘夷を唱《とな》える者は、関東が戦《いく》さ場になっても仕方ないと考えている。二百や三百の死びとが出ても、夷狄《いてき》を追い出せばいいのだと思い込んでいる連中なのだと付け加えた。

「われらが柱とする国是をまったく意に介さぬの連中が、攘夷なのではありませんか」

片桐は小鼻を膨らませ、言い募った。

いくら腕に覚えのある修理之亮どのでも、鉄砲を相手に喧嘩をされては当奉行所が困りますと言い添えもした。

仕方ないかと、まだ尻の傷が癒《い》えない修理之亮は、ひとまず新門一家が送り込んでくれるであろう火消たちが来るのを待つことしかできなかった。


退屈を絵にしたほどの日は、わずか二日で済んだ。

「阿部さま。江戸より火消連中が駈けつけてくれました」

「早すぎるではないか……」

奉行所の中庭に出てみると、懐かしい顔が笑っていた。

「國安《くにやす》、おまえが来たとは――」

「へへっ。誰あろう修理の旦那からとなれば、うちの辰五郎はおれが行くと言い出しましたのです。いくらなんでも親分が江戸を留守にするのはと、あっしが参《め》えりましたわけで」

新門辰五郎の右腕で、一家の大番頭《おおばんとう》と言われる國安は、これで足りますかと引きつれた三十余人を披露した。

「十分だろう。公邸は玉泉寺と申し、江戸の寺に比べりゃ広いが、周りに町家が立ち並ぶわけでもないからな」

「火事だけとは、思えませんです」

「さすが國安、分かるか」

「助っ人が欲しいと聞いて、荷運びかなんて軟《やわ》なことを思う一家じゃござんせんや。喧嘩でがしょ？　腕と度胸であつめた三十五人でさぁ」

「おい、争いごとと初手《はな》から決めつけては困る」

言いつつ、修理之亮は居並ぶ火消たちの顔を眺めた。

ひとりとして弛《ゆる》んでいる者はなく、小気味よい目と口つきを持つ野郎ばかりだった。

「一応、五人を一組にして交替ってことになっております。足りねえようなら、もう一組早船で送らせます」

行き届いている。これだからこそ、天下一の侠客として名が通っているのだ。

アメリカ公邸の火事を防ぐのは名目で、攘夷連中どもが騒動を起こすのを治めるために来たのだ。

が、起きる騒ぎがどんなものか、見当すらつきかねていた。

ハリスという異国の代表を亡きものにするか、火を放ち黒船で帰国するよう仕向けるか、逆に領事を怒らせて鉄砲を持ち出させ下田の者を傷つけ謝罪させるという手も考えられなくはない。

修理之亮は國安と、そんな話をしたかった。

なんであれひと休みをと言えば、船の中で寝てましたと言い返され、早くも一組が玉泉寺へ向かおうとした。

奉行所の片桐が、下田奉行所の旗印を染めた法被《はっぴ》を出し、火消たちへ着させるべく配った。

「新門一家の半纏《はんてん》のほうが、効き目があるんじゃねえか」

火消のひとりがつぶやいたが、とりあえず公儀御用になると片桐は法被を着てくれと命じた。

「ところで、異人の妾《めかけ》になった娘ですが、その後どうなりましたので？」

「國安も聞いておるか」

「へい。お国のためにと三拝九拝《さんぱいきゅうはい》の末、泣く泣く行かされたんじゃありませんかね」

三日で公邸を出されたことまでは知らず、片桐も含めて三人が車座となっての異人談義となった。

「するてぇと、通詞の若造は妾を置いたまま。領事のほうは、別の女をと言い出さねえのですか」

「一国を代表する領事となれば、弱味を握られまいとするのは当然であろう」

「もしや、衆道《しゅどう》なんてわけじゃ――」

「であるなら、そうした男を求めて参るだろう。賄《まかな》いの女中は、寝所に領事よりほかの人影を見たこともないと申しておった」

「感心なお人ですね。こんな話をするのもなんですが、送り込まれた娘のほうは酷《ひで》ぇ目を見ちゃいませんか」

國安のひと言に、修理之亮と片桐は目を見合わせた。

「なにをもって、そう思うのだ。國安」

「吉原の見世《みせ》で聞いたんです。異人とまぐわった女は、犬畜生《いぬちくしょう》にも劣るって」

「――。新門一家は、みなそう見ておるか」

「いいえ。むしろ、おのれを犠牲にして幕府に尽くしているのだから、偉いって褒めてます」

「そのとおりだ。しかし、当地でも洋妾《ラシャメン》と蔑《さげす》まれておる」

片桐はハリスの妾として差し出されたお吉は、居づらくなって村を出て行ったと付け加えた。

「仕方ねえでしょうね、大枚の銭を得たのですから」

「ところが、その支度金は破落戸どもに盗られ、在におる母親まで痛めつけられていた」

修理之亮が怪我《けが》をしたのは、それを助けようとしたからだと言うと、國安はいきなり立ち上がった。

「仕返しに一矢《いっし》報いようと、戻って来ますぜ」

「おれにか」

「いいえ、お吉って女がです」

「それはない。いくらなんでも女だぞ、國安」

「よろしいですか。貧しさゆえに家を救わんと、身を捨てた女なのでしょう。ところが、三日でお払い箱になり、洋妾とことばを投げつけられ、母親までが酷い目を見たと知りゃ、仇討《あだう》ちに出ます。一旦は、死んだつもりになった女だ。並の女とは、わけがちがいまさぁね」

「戻って来るか、下田に」

信じ難い気もしたが、修理之亮はあり得るかもと見込んだ。

そのとき奉行所の中庭に、駈けて来る者があった。領事公邸に出向いた火消のひとりである。

「玉泉寺の門前に、若ぇ女《わけ》が入って騒いでます」

片桐と目を合わせた修理之亮は、大小を手に外へ出た。國安もつづいた。その後に、残っていた火消たちまで従った。

アメリカ公邸にされた寺は湊《みなと》を見下ろせるところにあり、抹香《まっこう》くささが消えた代わりに、山内のあちらこちらに植えられた鮮やかな色をもつ花の甘い香りに満ちていた。

が、本堂の前に、早くも人だかりとなっている。

「――――」

人だかりではなく、お吉と思《おぼ》しき女を取り囲む破落戸どもだった。

「お吉であること、まちがいありません」

片桐が囁《ささや》いた。

顔を赤くしたお吉は、囲んでいる男たちに怒鳴った。

「誰ずら、おらのおっ母《か》ぁを殴ったのは」

「おめえかよ、洋妾お吉ってぇのは。良さげな身体《からだ》しとるずらよ、毛唐《けとう》に可愛がってもらったべ」

「なにもしていないっ」

「嘘こけ。若ぇ娘っこを前に、しねぇはずあるもんか。尻《けっ》っぺたのひとつも撫《な》でられ、舐められ、してもらったに決まっとるずら」

「畜生、見てもいないくせして」

「ほほう、おれにも見せてくれるか。それでノコノコと、やって来たってわけだ。アハハ……」

破落戸どもが笑うと、お吉は手にしていた柄杓《ひしゃく》を投げつけた。

「いい女が怒る様も、なかなかなもんだ。残念だが、異人さんは出ても来ねえ。てぇことは、お払い箱だ。どうだの、おれたちが代わりに可愛がってやるずらよ……」

近づいた男がお吉の手首をつかんで引き寄せるのを見て、修理之亮は足元にあった礫《こいし》を投げつけた。

「い、痛《いて》っ」

顔を押えてふり返った男は、揃いの法被を着た者が大勢いることに目を剝《む》いた。

「なっ、なんだ。てめえら」

「弱い者いじめは、おまえたちの十八番《おはこ》か」

修理之亮が前に進むと、破落戸どもが一斉に長脇差や匕首《あいくち》を構えた。國安たち火消しが四十弱、破落戸ども用心棒を含めて三十人余と、ほぼ同数だった。

狭い山内ではないが、乱闘となれば始末に負えなくなろう。

「どこの破落戸か知らぬが、その女に両手をついて謝まれ。さすれば赦《ゆる》してやる」

「馬鹿こくなっ。女ごときに謝まるなんぞ、するもんけ」

「であるなら、大将同士の勝負で決着をつけるか」

一歩前に出た修理之亮を見て、上背《うわぜい》のある細身の浪人者が受けて立った。

居あわせた者が、山内いっぱいに円を作り、ふたりを囲むかたちをつくる。

そこへ片桐が、ふたりに襷《たすき》を投げた。

襷を掛ける用心棒は落ち着いて見え、修理之亮を侮《あなど》っているのが知れてきた。

むろん修理之亮も、敵を侮るつもりはない。袴《はかま》の股立《ももだ》ちを取り、裸足になった。

疼《うず》いていた尻の傷は、忘れられた。というか、お吉の女親を助けようとしたときの傷なのだ。それを思い返し、奥歯を噛みしめた。

「いざっ」

「勝負」

互いの太刀が陽射しに、キラリと光った。足元をしっかり確かめ、呼吸《いき》を整える。

「御広敷役、阿部修理之亮」

「豆州修善寺《しゅぜんじ》浪人、岩田豊十郎《とよじゅうろう》」

名乗りあった。

大上段に構えた岩田に対し、修理之亮は左肩を向けて下段の車《くるま》に構えた。

どこからも人声は立たなかった代わりに、波音が聞こえる。

岩田の精悍《せいかん》な風貌に、どことない淋しさが見えた。

――田舎の俠客に雇われる素浪人には、見えぬ。水戸学を修めた本物の、攘夷家か……。

討ち合いたくなかった。瘠せた身に必死の面《おも》もちが、志士であることを印象づけていた。

といって、こちらから参ったとは口にできない。岩田も同様だろう。

構えたまま、双方とも動かなかった。

おそらく囲んでいる誰もが、固唾《かたず》を呑んでいるにちがいない。波音の近づいてくるのが、不思議に思えた。

下段に太刀を取った修理之亮に比べ、相手は上段のままである。堪《こら》えきれなくなったのか、わずかに肘《ひじ》がふるえてくるのを見た。

刹那《せつな》、修理之亮が車の構えを跳ね上げると、紅《べに》いろの洋花が揺れた。

一瞬のことだった。

凛々《りり》しい用心棒が、容姿とは異なる頼りない腕前だったことに、修理之亮は虚《むな》しさをおぼえた。

――自ら死ぬつもりだったか……。

が、片桐や國安たちはヤンヤの喝采《かっさい》となり、破落戸一味は修理之亮の凄腕に目を瞠《みは》るだけとなった。

決着がつけば、一方は去ってゆく。

お吉ひとり、甃《たお》れた浪人者を見つめたまま、動こうともしなかった。

國安が呆《あき》れて嘆いた。

「てめえらの用心棒だった男を、野良犬みてぇに放ったまま帰《けえ》りやがる」

寺であったところだが、僧侶はいないという。男に火消たちが莚《むしろ》を掛け、運び出した。

片桐が、お吉に向かってつぶやいた。

「ハリスどのに会うつもりで、ふたたび参ったのか」

「…………」

無言だった。

「なんであろうと、舞い戻ってはならぬ。今の連中に慰みものとなるか、洋妾と誹《そし》られ追われるだけだ」

國安が過日の修理之亮と同様、お吉へ財布ごと手渡したものの、お吉は受け取らず出て行ってしまった。

なにを思って領事公邸に来たのか、お吉しか知り得ないことである。

こんな身にさせたハリスに唾のひとつも吐き掛けたかったのなら、それは下田奉行なり江戸城へすべきことだ。

ヒュースケンの妾となったお福という娘に、話をしたかったのかもしれない。

「出るときは、覚悟したずら。人として、見てはくれねえと……」

生贄《いけにえ》となった女の石段を下りてゆく後ろ姿が、泣いているようには見えなかった。

修理之亮の耳に、波音はもう聞こえなくなっていた。

二之章　百万両の男

一

安政四年十月の朝、冬の雨が降りそそぐ江戸の朝、城中は凍《い》てつくほどの寒さに見舞われていた。

「アメリカ領事ハリス、江戸へ出府との報《しら》せにございますっ」

修理之亮《しゅりのすけ》が下田から戻った翌日のことで、若年寄からの言伝《ことづて》が広敷《ひろしき》にもたらされた。

「船を仕立てての、上府か」

「いいえ。駕籠《かご》に旗印を立て、アメリカここにありと見せつつ、向かった模様。着到は、五日ばかり後と思われます」

「――――」

初耳だった。というより下田にいながら、修理之亮は気づけなかっただけである。

国のため身を投げうった娘に心を砕いたため、肝心かなめとなる領事の動きを察知できなかったのだ。

それだけではない。修理之亮は下田奉行の井上清直《きよなお》と顔を合わせてもいなかった。

井上清直も修理之亮と同じく、阿部伊勢守正弘《いせのかみまさひろ》による人材登用で奉行に昇進した幕臣と言われていた。

正直なところ、気後れを抱いた修理之亮だった。自分は直情ぎみの江戸侍でしかないが、清直はその名が示すとおり清々《すがすが》しい正直者との評判だったからにほかならない。

――本物の人材と比べられちゃ、敵《かな》わねえや。

尻に傷を負って五日もいたにもかかわらず、とうとう下田奉行に会わなかったのは馬鹿な話である。

それならば江戸城でできることをと、広敷の使番《つかいばん》となっている北村祥之進《しょうのしん》に大奥ご老女瀧山《たきやま》さまへの面会をと言伝た。

「若輩ながら祥之進、御広敷役さまへ申し上げます。異国との交渉ごとに、大奥よりの口出しは反感を買うのではございませんか」

「口出しを致すのではない。瀧山さまの考えを、おれは知りたいだけだ。今の世において、あのご老女こそが天下びと。すなわち民百姓をも思っての施策を講じられるお方である」

「承知つかまつりました。急ぎ願うべく、行って参ります」

祥之進は上役《うわやく》である修理之亮に、まちがっていても物を言えるまでになった。子どもの使いではなくなっていることが、嬉しく思えた。

翻《ひるがえ》って、修理之亮はどうだ。瀧山の考えを聞くだけでは、それこそ子どもの使いであろう。

瀧山にどう致すべきかと逆に訊《たず》ねられ、果たして答えられるだろうか。そこまで考えると、下田奉行と意見ひとつ交さなかった迂闊《うかつ》を悔《く》いた。

ハリスの上府は、まちがいなく和親条約の更なる進展、すなわち通商条約の締結を求めてのことだ。

これを推し進めるべきか拒むべきか、将軍家定《いえさだ》への拝謁《はいえつ》を認めることも含め、攘夷《じょうい》一辺倒の連中が襲ってくる危険ともども回避しなくてはならないのだ。

前例のない国難となっていた。そして異人は威嚇《いかく》すべく、江戸湾に大砲《おおづつ》を構える黒船を控えさせるのはまちがいないはずだった。

「一年前まで、おれは毒見役《どくみやく》でしかない風来坊だぜ。どうすりゃいいかなんて、考えられねえよ」

ひとりごちると、畳に大の字となった。


広敷の中ノ間に、瀧山は女小姓しまと共にあらわれた。

威厳ある瀧山はいつものことだが、御中臈《おちゅうろう》として手つかずのまま御小姓役《おこしょうやく》となった美貌の奥女中しまが来たのを見て、修理之亮は頭の中が真っ白になった。

「わ、わざわざのお越し、まことに畏《おそ》れ入る次第……」

「修理。豆州《ずしゅう》下田にての働き、ご苦労でした」

「それに関しては、改めて――」

「下田奉行より、あらましを聞いておりまする。尻に傷を負ったとか、大事ないか」

言われて、傷が疼《うず》いた。顔をしかめる相手ではないと、堪《こら》えた。しかし、それより痛かったのは、下田奉行から報告がされていたことのほうである。

与力の片桐が奉行へ伝えたのだろうが、下田行きを瀧山と二人きりの内緒ごとと思い込んでいた自分の愚かさが嫌になった。

「おのれの迂闊《うかつ》さゆえ、破落戸《ごろつき》に刺されました。幸い深手《ふかで》とならず、こうして坐《すわ》っております」

「傷によく効く薬を持参したゆえ、塗るがよいであろう。しま、手当てをしてあげなされ」

「ええっ。しまどのが手当てを、ここで――」

「愚かにも、ほどがあろう。そなたの醜《みにく》き尻など、われら見とうもない」

鼻先で笑う瀧山の横で、しまは薬を差し出しながら頬を染めた。

「そなたは忘れたやもしれぬが、この女小姓らを永《なが》の宿下《やどさが》りとしたいと申した。その方途を考えること、くれぐれも頼みおきますぞ」

「はっ、肝に銘じましてございます」

実は考えているのだ。眼前の美女は、修理之亮の妻女にすればいいだけなのである。

上様のお下がりと言われても、手は付いていない。御小姓役の奥女中は、出自《しゅつじ》の確かな旗本の娘と決まっていた。

千二百石となった修理之亮の阿部家に、これ以上の才媛《さいえん》はなかろう。

――なのに、わたくしめが頂戴《ちょうだい》致しとうございますと、言えないのがなぁ……。

いや、今ここで切り出すか。

「宿下りの、一件でございますが――」

「それよりハリスの江戸出府、それを話し合わねばならぬ。修理、いよいよでありますぞ」

「あっ、その一件のほうですか。思うに、奥向《おくむき》では上を下への騒ぎであろうと察しております。御城を山中《さんちゅう》へ移そうなどと、言い出すことのないようねがっております」

「幕府の権威を下げるような、左様な考えはとうに打ち消しておる。わらわは、伊勢どの流のぶらかしを思いつきました」

伊勢とは今夏に亡くなった老中の阿部伊勢守で、ゆるやかな改革を目指す施策を得意としていた。

ゆるやかとは、できるだけ時間を稼ぎつつ落としどころを作り上げることで、内々の争いを作らせないやり方だった。

「瀧山さまは、いかにして時を稼げるとお考えでございますか」

「ハリスは必ず登城し、上様にお目見得《めみえ》を願い出てくるであろう。それを拒めば、戦《いく》さとなりかねませぬ。であるなら、望みどおり拝謁をさせるのです」

「交易の条約を迫られても、よろしいと」

「江戸は政《まつり》ごとの場ではあるものの、裁可を下すのは京の都に在《お》わす帝《みかど》なりと、下駄を預ける……」

聞けば異人たちは将軍を大君《たいくん》と呼び、この国の王と信じている。そこへ、さらに上の支配者があると突き放すつもりと、瀧山はこともなげに口にした。

「下駄を、京都に預けてよいものでしょうか」

「よいも悪いも、それでしか時は稼げぬであろう。大砲で脅して参る異人には、ぶらかしが一番と思いついた。修理は、これをどう考える」

「大君の江戸と、帝の京都ですか……」

ことば遊びに近い気もするが、伊勢守もそうしたのではないかと思いを至らせると、修理之亮は口元をほころばせた。

「分かってくれましてか、修理之亮どの」

瀧山が呼び捨てずに敬称を付けたことに、こそばゆくなった。

「なれば、仰《おお》せの旨をご老中へ伝えるべく、根まわしを致します」

頭を下げ、瀧山たちを見送った修理之亮の上目遣《うわめづか》いは、しまの足先だけを見ていた。

裾《すそ》を引きずる奥女中、そこに見えるのは白足袋《しろたび》でしかないが、その一投足《いっとうそく》の動きが俗な旗本の妄想をかき立てた。

――真紅の湯文字に、白い脛《すね》。大奥の女は、内腿《うちもも》にも白粉《おしろい》を塗っているにちがいなかろうな……。

御広敷役を拝命して以来、女を買うことも含め、手のひとつさえ握っていない修理之亮は、年明けて二十六になる。

しまが出て行ったあとも、残《のこ》ンの色香が部屋に満ちているはずと、いつまでも息を吸いつづけていた。

ハリス一行が物々しいほどの行列を仕立てて雉子橋御門《きじばしごもん》の蕃書調所《ばんしょしらべしょ》に入ったのは、十月半ばの昼下がり。下田から江戸まで、八日を費していた。

幕府はできるだけ日時を稼げと、ゆっくり進ませたのである。

行列をひと目見ようと、江戸じゅうが道の両側に立ち並んでいましたと、祥之進は呆《あき》れた。

「歓迎するのではなく、象や駱駝《らくだ》の見世物《みせもの》と同じでした。あれでは、ハリスどのも嬉しくなかったでありましょう」

「石を投げた者は、いなかったか」

「いません。静かに、気味のわるいほど凝《じ》っと見入るばかり。馬に乗る蘭人通詞《つうじ》など、市中引きまわしで裸馬に乗る罪人と同じだと思えました」

無事に宿舎となる調所に着いたものの、警固の番士の数はとんでもなく多かったという。

その警固を命じたのは、溜間詰《たまりのまづめ》の大名井伊掃部頭直弼《かもんのかみなおすけ》だった。

将軍から諮問《しもん》を受ける溜間詰を殿席《でんせき》とする者は、石高に関わらず老中並とされていた。

近江《おうみ》彦根藩三十五万石の当主は、老中の上に位する大老職にまで昇ることのあるほど、別格中の別格大名でもあった。

が、齢《よわい》三十をすぎるまで、直弼は冷飯《ひやめし》くいの十四男坊として育っている。

大名の子であっても、嫡男より下の男は養子となって家を出るものだが、十四番目の直弼はその行く先にも恵まれなかった。

あてがい扶持《ふち》の三百俵、これに世話をする下男と女中がいたものの、暮らしていたのは江戸ではなく国表《くにおもて》の彦根城下。

修理之亮とは異なる辛さの中で、日々をすごした。それが藩主に嫡男がなかったことから世子《せいし》となり、三十五万石の当主となったのである。

四十をすぎた恰幅《かっぷく》のよい新藩主の押し出しのよさは、見応え十分と誰もが口にした。

「よくは存じませんが、掃部頭さまは老中ではないというのに、政ごとへ口を挟めるのでしょうか」

「祥之進。政ごとへの具申は本来、誰がしてもよいのだ。それを身分や職掌《しょくしょう》で縛《しば》っては、ご政道は曲がってしまいかねない」

言ってみたものの、御広敷役となってからの修理之亮は、職分を守りがちだった。

毒見をしていた頃は、将軍を前にしてこう言ったものである。

「上様。今朝の鮭《さけ》、味がよろしくございません」

「熱いものは、熱い内に召し上がってこそであります。上様に供せしものは、温め直しでございまして、味は落ちております」

その時分は怖いもの知らずで、嬉しくない毒見役を罷免《ひめん》され無役になったほうがと思っていた。

まだ十七の祥之進には伝わらないのか、目を丸くされてしまった。

「阿部さまへ申し上げます」

襖《ふすま》ごしに声が立ち、祥之進が出た。伝えられた話を聞く姿に、尋常ではなさそうな様が見えた。

使者が帰り、祥之進は襖をしっかりと閉めると、修理之亮の耳元へ近づいた。

「溜間詰の井伊掃部頭さまが、お顔を拝借とのことでございます」

「この、おれにか？　人ちがいではないのか」

「わたくしもそう思い確かめましたが、瀧山さまと懇意で、上様を抱え上げた旗本の、と仰《おお》せだったそうです。修理さまは、上様を抱えられたのですか」

「目を剝《む》くことはなかろう。祥之進。ふらつかれたので、手を貸しただけだ」

子飼いともいえる祥之進だが、大奥御鈴《おすず》廊下で抱えたとは口が裂けても言えなかった。

しかし、それを井伊直弼は知っていた。並の大名ではないと、修理之亮は気後《きおく》れしそうになるのを、若い祥之進に見せまいと何気なさを装った。

「修理さま。あごが張っておりますが、奥歯が痛むようなら薬を――」

見抜かれていた。

二

成り上がりの旗本千二百石、半年前までは将軍を前にするときもあった毒見役だが二百二十石。

城中の廊下を歩くときは、腰をかがめて会釈するときのほうが多かった。

それが若年寄や老中であれば立ち止まり、静かに通りすぎるのを待つことが許される身となっていた。

身についた癖など一朝一夕で直るものではなく、広敷を出て廊下を行くときはいつも低姿勢となってしまう。

が、今日ばかりは足がふるえた。

御典医の助手と偽《いつわ》って、大奥に足を踏み入れたこと。あまつさえ将軍家定を、抱え上げている。

老女瀧山の内命で、隠密裏《り》にことが運んだものとばかり思っていた。

――甘くはなかった……。

柾目《まさめ》の通った天井を見上げたところで、ため息が軽くなってくれるものではないのだ。

叱責で済むはずはなく、修理之亮は断罪となる。

絶家とされ、関ヶ原以来の譜代帳から先祖の名まで抹消となる。それは仕方なかったが、波紋は大奥にまで及ぶにちがいあるまい。

「御年寄瀧山どのには、出家得度をねがおう。その一派たる中臈すべてに、遠島もしくは押込めを命ずる」

大奥で江戸派と呼ばれている女たちは一掃され、正室の御台所《みだいどころ》を中心とする京都派一色となるのだ。

これも粛清《しゆくせい》といえるだろうが、開明を目指した阿部伊勢守の想い描いた改革とは逆になってしまうことになるではないか。

広い廊下を進むにつれ、修理之亮は熱くなってきた。

——どう転んでも、死罪。であるなら、狂って見せるしかない……。

脇差を確かめた。

——溜間で、井伊掃部頭めを。

斬りつけてしまえば、御広敷役の阿部修理之亮は狂人だったとされる。御鈴廊下に足を踏み入れたことも、将軍を抱えたことも、それ以外のあらゆることが乱心の末となる。

――瀧山さまも叱責で済み、大奥の均衡は保たれるはず……。

窮鼠《きゅうそ》となった修理之亮は、ふたたび帯にある脇差を見て、唇を真一文字に引き結んだ。

こうと決めると、目にするものが懐しくなってきた。

台所検見役《けみやく》として出入りした御膳所《ごぜんどころ》、腹を満たすために飲んだ湯呑所、人目を忍んで大福を口にした井戸端の簀子《すのこ》までが、以前と変わることなく胸を締めつけてくる。

――国のため、役に立てる。おれも、国是《こくぜ》のために身を捧げられるのだ。

迷うことなく前を向き、脇差をどう使うかを想い描いた。

もとより脇差は守り刀であり、自裁する折に用いるものとされている。

腹を召す作法は、若い頃から習っていた。しかし、剣術の稽古で闘うための脇差を教わったことはなかった。

それでも、小太刀の使い方だけ少し習っていた。斬るより、突くことに活路を見出す稽古をした記憶が甦《よみがえ》ってきた。

掃部頭にできうる限り近づき、過《あや》たず急所を穿《うが》つ。場合によっては、二度三度と繰り返す。

——斬りつけるだけの刃傷沙汰《にんじょうざた》で終わらせず、掃部頭の命を絶つ。

一の急所は、喉。二は、心ノ臓。できるだけ深く、取り押えてくる者に怯《ひる》むことなくあらねばならなかった。

「阿部さま。こちらにございます」

名を呼ばれて、われに返った。示された部屋は溜間の控えで、御成《おなり》廊下の脇だった。

熱くなっていた修理之亮は、知らず城中の中奥《なかおく》を一周していたのである。広敷からここまで、ほどない近さにあったことに気づいた。

気を引き締めた修理之亮は、部屋の前に座し、頭を下げた。

「御広敷役阿部修理之亮、まかり越しましてございます」

「うむ」

思いのほか高い声が返り、内から襖《ふすま》が開いた。

顔を上げながら今一度、おのれの脇差を見込んだ。すぐに抜き放てるよう、わずかに引きつけた。

「――」


井伊直弼は上座にあるものの、修理之亮のいる敷居ごしから畳十枚ほどのところにあり、そのあいだには番士が左右に四名ずついた。

敵は一枚どころか、二枚も三枚も上だった。

考えるまでもないことは、ハリスの上府逗留《とうりゅう》に警固を幾重にも厳しくしたのも掃部頭ではないか。

幕臣旗本ひとりでも、信じられる者となって初めて、警戒を解くのである。

修理之亮は脇差をあえて帯から外し、敵意なしと右脇に置いた。

「その心もち、嬉しく思うぞ」

掃部頭は口の端をわずかに上げ、御広敷役を手招き、番士らに下がるよう命じた。

とはいうものの、修理之亮が挑みかかっても、番士のほうはあいだに入れる位置に控えた。

戦《いく》さでは先陣を賜《たまわ》る〝赤備え〟の井伊家であれば、万に一つの不手際はないのだろう。

――黙って死罪を下されるしかないな……。

両手両足を縛《しば》られたも同然だった。

所詮は毒見役でしかない旗本は、死んで見せるのが務めなのだ。なれば、この場で切腹をしてやるかと意気込み、右に置いた脇差をつかもうとしたが、見あたらない。

番士のひとりが、すでに引いていたのである。

「………」

「命ともいうべき脇差を、盗ろうとの了見はない。番士が、業物《わざもの》と見たようだ。ちと拝見して、よいであろう」

憎いほどの細心さを見せる用心に、返すことばも見つけられないでいた。

「左様に呆《あき》れられるも、仕方あるまい。悪く思わんでくれ、これも余の性《さが》なのでな」

言い含めるような物言いをして、掃部頭は脇息《きょうそく》を押しやり、前のめりに身を寄せた。

「なるほど、亡くなられた伊勢守どのの弟と申しても、遜色《そんしょく》ない」

知っているのだ。腹ちがいの義弟ではないことまで。限られた中での内緒ごとを、井伊掃部頭直弼は調べ上げていた。

眼の前にして見る掃部頭は、実直そうで朴訥《ぼくとつ》な上、江戸ずれしていないところが、並の大名とちがっている。

江戸上屋敷に生まれ育っていないのが、その理由かもしれない。なんであれ、ものごとを器用に捌《さば》ける男ではないのだろう。

呼びつけた旗本の秘密を暴き、言いわけもできないまでに追い詰めて、死罪を言い渡すつもりではないか。

――さっさと言いやがれ、田舎大名。

修理之亮は目を上げ、胸の内で喚《わめ》いた。

「さて。御広敷役どのを招いた理由《わけ》であるが、この掃部の力になっていただけまいか」

「は……。今、なんと仰《おお》せで」

「井伊掃部の力に、なってほしいと」

分からなくなった修理之亮は、うつむいて考えた。

――罪一等を減じてやる代わりに、掃部頭の手足となって働けというのだろうか。それとも、どうせ死ぬゆえ捨て駒になれと言うのか。

「掃部頭さまへ申し上げます。亡き伊勢守の弟と偽《いつわ》り、大奥御鈴廊下にまで入りし者が手足となって働くとして、信用できましょうか」

「信用できぬと」

「いかにも。わたくしが裏切るとは、お考えになりませんか」

「裏切るなど、思いもせぬ。伊勢どのばかりか、ご老女の瀧山どの、上様までが信を置き、広敷の筆頭にある旗本。これほど確かな者はないと見ておる」

言い切った掃部頭の目に、揺れるところはなかった。

「わたくしは城中ご法度《はっと》の最たること、一度ならず大奥へ足を踏み入れた者です。御広敷役罷免《ひめん》はもちろん、死罪を賜っても弁明はできません。ゆえに――」

「待て。そなたは、思いちがいをしておる。この掃部、溜間詰の大名なれど老中でも若年寄でもない、ゆえに断を下すことはできぬ。ましてや、そなたの致したこと、弟を騙《かた》ったことなどを口外する卑劣さはいささかも持ちあわせぬ。こればかりは直弼、神仏に誓う」

迫り出す腹を揺すり、掃部頭は自らを直弼と口にして言い募《つの》ってきた。

「なれば、わたくしになにを……」

「承知しておろうが、余は遅れて成り上がった譜代大名、それも国許育《くにもと》ちである。城中のあれやこれやは習いおぼえたものの、天下の江都《こうと》の水に今ひとつ馴染めずにおる。ところが、そなたは江戸根生《ねお》いの旗本にして、上様直々《じきじき》に信《しん》を賜っておるばかりか、いかなる門閥《もんばつ》にも属しておらぬ。ちがうか」

「仰せのとおりではございますが、お役に立つほどの力など――」

「あるっ」

大声に、控えている番士たちまでがおどろいた。

掃部頭は信じられないほど細々とした修理之亮の行状を、次々と並べたてた。

毒見役のとき直情ゆえに上様へ口を開いたことにはじまり、若い時分から町人と親しみ女郎買いをしていた上に、阿部伊勢守や瀧山に可愛がられ、日本一の俠《きょう》客新門辰五郎《かくしんもんたつごろう》一家と懇意なことまで、まるで尾行されていたかと思えるほど正確に知っていたのだった。

「まちがいございませんが、井伊家三十五万石ならではの御耳役《おみみやく》がおられますようで」

「が、知るばかりで、余は政《まつり》ごとにはまったく関われぬ」

自嘲ぎみに言い放った直弼は、きちんと坐《すわ》り直して修理之亮を見込むと、改めて口を開いた。

「今や国難と申すときであろう。下田より米国領事ハリスが、とうとう江戸にあらわれた。黒船の大砲《おおづつ》を背後に控えさせての、交易の要求である。そなたは、どう見ておる」

「掃部頭さま以上に関われませぬわたくしに、申し上げられる話はございません」

「瀧山どのは、なんと」

「それぱかりは、この口からはなんとも」

「まぁよい。伊勢守どの同様ぶらかしをもって時を稼ぐつもりであろうが、それでも、ハリスは交易の条約を迫ってくるのはまちがいあるまい」

無表情の直弼だが、不敵な笑みをうかべているようでもあった。

江戸の大君から京の帝にと言った瀧山のぶらかしを、眼の前の大名は見破っているのだ。

――この男、並の大名じゃない……。

「そこまでお見通しなれば、わたくしなどもとより役に立ちません」

頭を下げて席を立とうとした修理之亮だったが、掃部頭の手に脇差が渡っていた。

「かような業物を使いこなせる旗本と、聞き知ってもおる。町の道場で代稽古をする腕前で、若年寄鳥居《とりい》丹波《たんば》どのからの大小であった。どこにも属さず、町人たちをもよく知るそなたこそ、役に立たねばなるまい」

直弼の丸い眼が、修理之亮を睨《め》めつけてきた。

「…………」

知らぬまに人払いがされ、修理之亮とふたりきりになっていた。

「余は水戸の斉昭《なりあき》どのを、獅子身中《しししんちゅう》の虫《むし》と考えておる」

言い切った直弼は、声を落とした。

「いたずらに攘夷を言い立て、異国打払いをせよと説くが、強がりにしか思えぬ。自らを副将軍光圀《みつくに》公の再来と称し、政ごとに口を挟むが幾たりが賛同しようぞ」

独り言のような口ぶりが、かえって凄味をつくった。

「わたくしも、それは感じます」

「大奥のお方は、水戸どのをどのように見てか」

「瀧山さまの江戸派も、ご正室さま方の京都派も、あまり良くは思っておられません。と申すのも、大奥の出銭《でぜに》を半減して大砲鋳造《ちゅうぞう》にまわせと声高《こわだか》に仰せゆえと存じます」

「やはりな。奥向の御用金の削減は一理あるが、いまだに黒船とやりあうつもりでおられるのは危ない」

「江戸派も京都派も、それぱかりは同じ考えのようです」

修理之亮は話を本題に戻した。

「掃部頭さまは開国致仕方《いたしかた》なしとのお考えを、お持ちでございますか」

「でき得るなれば、先延ばしにしたいところ。しかし、難しいと見ておる……」

直弼もまた、国是を考えているようだ。ところが、その方針がいつまでも一つにならないままだった。

「上様を大君と呼び京都の帝の下にあるとの策は、幕府の権威失墜となるだけ。そう思わぬか」

修理之亮は話し相手になってくれと請《こ》われているのかと、うなずいて次のことばを待った。

「そこで、御広敷役どの。私事《わたくしごと》ではあるが、働いてもらいたい」

「どのようなことを」

「江戸いちばんの札差《ふださし》に近づき、懇意となってほしい」

「広敷にある身のわたくしに、そのような――」

「なにを今さら申す。下田へ出向いた広敷役なれば、市中での往き来などわけもなかろう」

「はぁ」

「詳しくは使いを送るゆえ、と申したいところだが、余のほうにこれといった策はない。修理之亮どのなれば、なにかを思いつくはず。よろしくねがう」

直弼は切餅と呼ぶ二十五両の包みを、そっと差し出してきた。

「そなたは御広敷役として、あるいはこの掃部の家臣として動いても構わぬ。できる限りの手助けは、井伊家で致そう。気づいたことなり分かったことを、余だけでなく瀧山どのへ伝えてもよい。すべては、国是を正しくつくり上げるため。頼みおく」

三十五万石の当主は、頭を下げていた。


死罪を賜る話ではなかった。しかし、である。

掃部頭直弼が思う修理之亮は、なるほど町人にも分け入って馴染んでいる旗本にちがいない。

ただし、その町人は長屋住まいばかりで、札差なんぞの豪商は一人としていなかった。

札差とは、幕臣に代わって米蔵から受ける給米を銭《かね》にし、その手数料を頂戴する商人をいう。

それがいつのまにか、給米を抵当として銭を前倒しに貸す豪商と化し、大名家にまで貸していた。武家の窮乏ゆえである。

体《てい》のよい銭貸しは、その利子によって厖大《ぼうだい》な財をなしていた。

ところが修理之亮の実家は、爪の先に火を点《とも》すことを旨として、札差とは無縁だったのであれば、知りようもなかった。

だからといって、かつての旗本仲間に訊くのは躊躇《ためら》われた。御広敷役という幻の職掌《しょくしょう》を知られるわけにはいかなかったのである。

「あっ」

下田に國安《くにやす》が火消たちを連れて来たのを思い出し、浅草の新門辰五郎を訪ねることしか考えられなかった。

江戸で知らぬものなしの男が、札差の一人や二人くらいと、広敷をあとにした。

今や修理之亮がどこへ出向きなにをしようと、誰もが見て見ぬふりをしてくれるのには助けられた。

城中では決まりとされている羽織袴《はおりはかま》を脱ぎ、木綿《もめん》の着流しに無紋の半纏《はんてん》を羽織ると、安直なほうの太刀を落とし差す。

どう見ても浪人と言いたいところだが、町なかに出れば〝次男坊烏《がらす》〟と呼ばれるのが侍だった。

武家の次男三男に生まれた男が、ちょいわるを気取って悪所《あくしょ》に顔を出すのを、黒づくめが多かったので烏と言われたのである。

うらぶれた長屋にはそぐわない顔かたちであれば、女たちにもてた。その好例が、修理之亮だった。

それにしてもと、考えざるを得ない。

井伊直弼のことばに、従った自分をである。

市中の探索をして、庶民の考えを知るというのなら分かる。あるいは水戸ご老侯をそれとなくというのも、考えられた。

ところが、札差と懇意になれというのだ。

確かに札差は大名家へも貸し付けていれば、藩の江戸家老までが頭を畳にすりつける町人と言われている。

そのとおりなら、江戸城御広敷の筆頭千二百石の旗本など、歯牙《しが》にも欠けないだろう。

「奥向《おくむき》御金蔵が底を見つつあるゆえ、お助けねがえないか。代わりに、見目麗《みめうるわ》しき奥女中を宿下《やどさが》りさせ……」

修理之亮が広敷にあるからといって、言えることばではなかった。

さんざん遊んでいた次男坊烏に掃部頭の考えの分かるはずはなく、浅草の新門一家の暖簾《のれん》をくぐった。

三

辰五郎は按摩《あんま》の療治に、目を閉じていた。

あらましを聞かせていただきましょうかと、揉ませたままだった。

「国是《こくぜ》に関わる話ゆえ、そのままでは」

「この按摩、仙久《せんきゅう》の野郎が気になるんでしょうが、修理さまに引きあわせたかった男でね。お大名の奥方から町方の同心まで、こいつの客は大勢います」

「腕がいいのだな」

「ちがいますさぁね。内緒で座頭貸《ざとうがし》をしている男でして、どうしても聞いてみたいことがあるとき、それもこいつの客だったら借銭《しゃくせん》の棒引きか返済の延長で、聞き出せますぜ」

「……。凄い按摩がいるのだな、咎《とが》められぬのか」

座頭貸とは盲人が官位を得て営める銭貸《かねがし》で、高利が許されていた。が、仙久には官位がありませんと辰五郎は言い足した。

「咎められることなど、町方のお役人さま方を抱えている限り、一度も」

晴れやかに言い返す按摩が子どものようで、修理之亮は笑った。

「新門一家の子分たちも、借りておるのか」

「まさか。仙久の高利は酷《ひで》ぇもんだ。誰も借りやしねえ」

「では、なぜ客がつく」

「仙久の銭《かね》は、銭のまま戻ってくることはあまりねえのだよな、仙久」

「えへへ。お客さまによりますが、婀娜《あだ》な年増《としま》ならそれを望まれるお人のところへ行ってもらいます」

「春を鬻《ひさ》がせ、借銭を棒引きにすると申すのか」

「おどろくには及びませんや。無理に押し込むようなあくどい真似はしませんで、それなりの橋渡しがあたくしの稼ぎ、わずかな利鞘《りざや》でございます」

どうやら仙久の担保は、銭になりそうななにかのようだった。

「儲かるか」

「いいえ。蔵が建つほどなれば、新門の親分さまであっても、こうして療治は致しません」

「貸し与える種銭はどこから」

「申せませんです」

「仕方ない。口が堅いのも高利貸しなればか」

「おい、仙久。このお人だけは気のおけないお侍だ。なにをしゃべっても、大事ねえよ」

辰五郎の助け船に、修理之亮は有難そうなものがこみ上がってくるのをおぼえた。

「ほかならぬ親分さんの前ゆえ、教えましょう。療治の客であるお方でして、名を加太屋誠兵衛《かぶとやせいべえ》。上質屋《うわじちや》さんでございます」

「上質屋というのは？」

「市中の質屋という質屋が総元締と奉《たてまつ》る影のお大尽は、質屋を相手に銭を貸します。おそらく、どなたもご存じないでしょう」

「そうした者が、いるのか」

「はい。今や江戸じゅうの札差までが、加太屋さんを頼っておいでです」

「札差が、なにゆえだっ」

思わず声を上げた修理之亮に、按摩は見えない目を剝《む》き、辰五郎は口を挟んだ。

「修理の旦那が来たわけと、関わりがあるようですな」

「辰五郎の申すとおり。江戸いちばんの札差を知りたくてやって参った」

「なぜですかとは訊きませんがね、当節の札差は左前が多いですぜ」

「首がまわらぬのか、大名貸《だいみようがし》まで致す豪商の」

「十万石のお大名とて、台所は火の車です。となれば、貸した銭は還《かえ》ってきませんや、長いこと」

百両、二百両ではない千両がである。貸し倒れることもあり得ると話してくれた。

「仙久どの、加太屋とやらに会わせてくれぬか。このとおり」

「修理さまね、畳に頭をつけても、按摩は分かりませんよ」

辰五郎に笑われたが、こんな僥倖《ぎようこう》があるのだと修理之亮の心は躍ってきた。

江戸を銭で支配している天下びとが、いた。それも誰も知らない者で、表に出てもこない。

江戸城中でも、その名を耳にしたことはなかった。

が、瀧山なら知っているかもしれない。少なくとも札差たちが頼るというのなら、大名の中には名を聞いた者がいるのではないか。

かの紀伊国屋文左衛門《きのくにやぶんざえもん》や淀屋辰五郎《よどやたつごろう》らは、その贅沢ぶりに見栄を張ったことで身上《しんしょう》没収の上、追放の憂《う》き目に遭っている。

それを知っていた加太屋は、先人の轍《てつ》を踏まずにつづいているにちがいなかった。

修理之亮は国是のひと言を掲げ、加太屋誠兵衛なる男に会おうと、按摩に同道を頼んだ。というより、懇願した。

「直参《じきさん》旗本ではなく、新門一家の子分として願いたい。仙久どの」

両手をついた修理之亮に、辰五郎は笑いながら首をふった。

「修理さまを、子分てぇことにはできませんや。本日より、客分となっていただきやしょう。仙久、うちの先生の頼みだ。よろしくな」

「はい。そりゃもう、なにを措《お》きましても」

按摩のふたつ返事にまがったところはなく、修理之亮は心おきなく連れ出せると立ち上がろうとした。

「今すぐ、お出掛けになろうと仰言《おっしゃ》るので」

「善は急げだ。何時《いつ》いっか伺《うかが》いたいなんぞと決めていては、互いを詮索し合うであろう。剣術でも、初太刀《しょだち》で分かりあえるもの。参るぞ」

「よろしゅうございますが、加太屋さんのお邸《やしき》は、ご府外の中野村《なかのむら》です」

「駕籠《かご》なれば、一刻《いっとき》ほどのはず。辰五郎、早駕籠をこれで」

軍資金はあると、修理之亮は掃部頭からのものから二両を割《さ》いて出した。

「仙久。いただいた二両は、おまえの駄賃だ。駕籠二挺《ちょう》は、うちの若《わけ》ぇ者に担がせまさぁ」

辰五郎は屈強な火消を八人も名指し、急げと命じた。

速かった。乗り心地のよいのも、四人駕籠の足並が揃っていたからである。

浅草を出て、市中を避けながら内藤新宿に出ると、一気に中野村へ着くまで半刻と少しだった。

まだ午前《ひるまえ》というのに、辺りは雑木林が繁っているので薄暗く、靄《もや》の掛かったような人気《ひとけ》のない畑地が広がっていた。

「加太屋の邸は、どこにある。仙久」

「みなさん、そう仰言いますです。あたしも眼が見えたなら、そう思いますでしよう。人目を避けて、落人《おちうど》のように暮らすお方です。火消の兄さん、この辺りに傾《かし》いだ鳥居がございませんですかね」

「あっ、あれのことだな。仙久さん、そこを行けばいいのか」

「泥濘《ぬかるみ》の畦道《うねみち》を気にせずに、その鳥居をくぐって下さいな」

「ほんとかね。その先に家なんぞ……」

二挺の駕籠が雑木林を分け入ってゆくと、急に視界が開けた。

「――――」

黒瓦を並べた屋根の極端に低い庄屋造りの邸は、三尺ばかり掘った地に建っているのだった。

ここに人が住む家があるとは、誰も思わないだろう。

仙久は勝手知ったるところですと、按摩の高下駄を履いて歩きはじめた。

裏にまわり、石段を下りる。そこに、厩《うまや》。が、馬はいない。また、馬の臭《にお》いもしてこなかった。

――見せかけの、厩ということか。武家でもないのに……。

いったいなぜかと首をひねった修理之亮だが、藁《わら》を敷き詰めた周囲が石垣となっていることに目を瞠《みは》った。

城を移築したのだ。むろん総《すべ》てではないものの、守りを考えた上での造りになっていた。

手さぐりで、仙久が石垣の一ヶ所にある穴に、腕を差し入れた。

すると間もなく上から箱梯子《はこばしご》が斜めに立て掛けられ、仙久が昇ってゆくと梯子は跳ね上がった。

なんびとも入れぬよう、周到な仕掛けがあるのだ。

頭上で囁《ささや》く声がし、梯子がふたたび降りてきた。

「阿部さま。お上がりくださいとのことでございます。火消の皆さんは、そのまま」

仙久の声で、修理之亮は昇った。

おどろいたのは、迎えた者が女だったことである。

「当家の女中頭《がしら》、つねと申します。新門の親分さま肝煎《きもい》りのお侍さまとのことなれば、詮索するものではございません。お腰の物そのままに、お入りくださいませ」

女中も、武家の出と見える。

ことば遣い、所作、そして目つきに町人にはないものがうかがえた。

札差どもを鼻先であしらうほどなら、武家の女を雇うくらいわけもなかろう。

――ここには、銭の亡者がいる。

身震いをおぼえたものの、幕臣直参の矜持《きょうじ》が踏み止《とど》まらせた。

「差料そのままの無礼、お許しねがう」

颯爽《さっそう》とはならないまでも、修理之亮は按摩を残して女中頭の後に従った。

この先、出会うのは銭の力によって、諸大名を陰で操《あやつ》っている男なのだ。

朝から、天下に二人とない大物ばかりと会っている気がしてきた。

老女瀧山にはじまり、彦根藩主井伊直弼、俠客の新門辰五郎、そして加太屋誠兵衛もその一人かと、肩に力が入った。

「こちらへ」

女中頭はひと言を残して、いなくなっていた。

修理之亮は無粋《ぶすい》な板襖《いたぶすま》に閉ざされた部屋の前に立たされ、内から声が掛かるのを待った。

なんら装飾のない古びた板襖も、戦国の城を見ているようだ。中から鎧《よろい》武者があらわれても、上から吊《つり》天井が落ちてきても不思議がないほどである。

息を吐きながら、腰の差料をつかんだ。

両耳を研ぎ澄ませ、わずかな音の変化も聞き逃すまいと心した。

咳《しわぶき》ひとつ耳にできないまま、十《とお》ばかり数えたときだった。

「………」

ヒヨ、ヒヨ、ヒヨ。

鶯張《うぐいすば》りの廊下が鳴ってきたあたりを見込むと、茶坊主が盆を捧げて奥からやって来るのを捉えた。

――まるで大名の館だ。粋興《すいきょう》にも、ほどがあるぜ。

江戸侍は戦国の砦《とりで》を擬《も》すあれこれに、呆《あき》れるしかなかった。

古城を買い、府外の村に移すだけでは物足りず、雇い入れた者たちにまで時代錯誤をさせている。

「お待たせ申しまして、まことに申しわけございませんでした。さぁさ、中へ」

茶坊主と想った男の髪は禿《は》げていただけで、頭の後ろに小さな髷《まげ》がのっている。

世間では好々爺《こうこうや》となりそうな五十男は丸顔で小肥り、背丈は修理之亮の肩より低かった。

小柄な五十男は膝をつくこともなく、板襖を開けた。

「――」

中に町人大名なるぞと言いそうな主《あるじ》は、どこにも見あたらないばかりか、長火《ながひ》鉢《ばち》、座布団、煙草盆《たばこぼん》、それに小綺麗な神棚があるばかり。

新門一家の居間と、大差なかった。

拍子抜けとなった修理之亮だが、天下一の大尽は悠然と出てくるかと、座布団の上に腰を下ろした。

「どうか、上座へ」

言われて、神棚の下へ移った。

ここは待合の部屋で、加太屋は別の部屋で迎えるにちがいない。江戸じゅうの札差を束ねる男は、将軍のつもりなのだ。

井伊掃部頭が聞いたら、どんな顔をするか見ものである。

「ご府外の村なれば、気の利いた菓子ひとつございませんです」

長火鉢を中に、盆を置いた男は対座してきた。

「加太屋誠兵衛どのは」

「わたくしめにございます」

禿げ上がった頭を見せながら、深々と身体《からだ》を折り曲げた。

――これが江戸で、いや三都一の金満家か……。

着ているのは、さっぱりとした木綿《もめん》の太物《ふともの》で、どこにでもありそうな帯に、前掛をしているだけ。どう見ても、村名主にしか思えない。

「まことに、加太屋か」

「あはは。親代々の質屋の親仁《おやじ》、威張れるものでも、恥じ入るものでもございません」

「であろうが、城そのものの造りは、床下に眠る百万両を守るためと見た」

「百万どころか、百両ばかりの蓄えがあるばかり。銭は天下の回りもののことばどおり、みな札差へ貸し付けております」

「……………」

——能ある鷹は、爪を隠すか。

自らの姿ばかりか、家も、金蔵《かなぐら》も、そして加太屋という名まで、知られまいとしているのが信じ難かった。

「按摩の仙久が、阿部さまは御広敷の旗本と申しておりました。大奥でのご入用は、いかほどでございましょう」

「ちがう。銭の無心に参ったのではない。大名貸をする札差という商人のありようを、知りたい」

「これはまた、なんと。当節はみな、顔をしかめる札差ばかりとなりました」

「大名家からの返済がままならぬゆえ、儲けが出ぬと聞く」

「はい。返していただけぬとなりますと、次の貸し付けはできかねます。仕方なく大名家は幕府へ泣きつき、貸付金をとねがいます。というのも、海をもつ藩は沿岸警固をせよと命じられておりますゆえ、それに厖大《ぼうだい》な出費が掛かるのでございますから……」

嘉永《かえい》のペルリ来航で、世の中は激変を見た。それに対応すべく和親条約を結ぶと、アメリカ以外の国もあらわれ、次々に約束ごとがつくられた今、とうとう領事ハリスが登城すると言いだしたのだ。

「幕府だけでは、手がまわりません。となれば諸藩の手を借りざるを得ず、貸付金の返納は延ばされ、聞くところでは参勤交代までが緩められると——」

「知らなんだ」

御広敷役の修理之亮の知ることではなかったが、祖法の一つである参勤交代を、一年おきから二年三年ごとにするというものだと、誠兵衛は呆れ顔をして教えてくれた。

「徳川さまの御威光が下がったものと、申してよいかと存じます」

修理之亮に札差と懇意にと言った直弼は、参勤交代のことなど自らの口で伝えず、代わりにこうして知るはずと見抜いていたのだろう。

わずか数ヶ月のあいだで、修理之亮は国是を決めるあらゆる物ごとを知る立場になりつつあった。

「誰も知り得ない江戸城大奥にはじまり、俠客の新門一家と懇意となって、幕閣のお歴々と話せるようになっただけでなく、家定公の身にも触れ、そして今こうして百万両の男と近づくに至ったのが、このおれである……」

「よく存ぜぬことながら、貴方《あなた》さまはなにごとも口に出しておしまいになられます。その直情ぶり大変結構なれど、とだけ申し上げておきましょう」

「誠兵衛どのの示唆《しさ》、有難く頂戴することに致す」

「質屋ごときに、頭を下げてはなりません。珍しい古武士の心を持つにもかかわらず、役者の色と柔らかさを身につけておられるお旗本と拝見させていただきました。大奥ご内密の御用なれば、この加太屋いついかなるときも手助けを惜しみません」

「いや、直情ついでに申そう。おれの役は、大奥粛清《しゆくせい》にある。奥向の出銭《でぜに》を押えるだけでなく、奥女中方の数を半減し、その力を失《な》くさねばならんのだ」

「となりますなら、本日はどなた様のご意向でいらっしゃいましたか」

「口が裂けても、と今は申しておく。悪く思わんでくれ、いずれ話すときもあろう」

鶯張りの廊下が鳴り、板襖ごしに声が立った。

「旦那さま。庭の鳴子《なるこ》が、音を立てたまま止《や》みません」

女中頭の声である。鳴子は賊の侵入を防ぐための仕掛けで、誠兵衛は打って変わった表情を見せた。

「よくあることか、誠兵衛どの」

「滅多にございませんというより、たいていは狸《たぬき》か野良犬。それも音は一度で鳴り止みます」

ただでさえ砦同様の造りで、ここが江戸の札差の元締であると知る者は少ないどころか、銭の貸し付けは明け方に市中の茶屋でと誠兵衛は言った。

「用心のための番士は」

「襲われたことも、目をつけられた憶えとてございません。警固の者など、ひとりも」

「すると、おれが後を尾《つ》けられた……」

賊と決まったわけではないが、悪い予感とは得てして当たるのだ。修理之亮は差料を手に、庭を見ようと立ち上がった。

四

庭とはいうものの、畑地を均《なら》して灌木《かんぼく》を植えたていどの趣きに欠けるものだが、流行《はや》りの盆栽が幾つか置かれてあった。

よく見ると周囲の生垣に鳴子の縄が張られてあり、外からは入りづらくなっていた。

人影らしいものはなく、静まり返っている。が、嫌な勘が修理之亮の胃ノ腑《ふ》あたりに熱をもたらせつつあった。

足袋跣《たびはだし》で、庭先へ下りた。

ヒュッ。

耳元を掠《かす》めたのは矢で、修理之亮の片頬が火を当てられたように、熱をもった。

ポタリと血が滴《したた》り落ちたことで、狙われていることが知れた。

が、敵が見えないのでは闘いようがない。

放たれた矢は、縁側の端に刺さった。飛んできた方角を見込んだが、なにもなかった。

風が一陣、人くささを運んできた。併せて金気《かねけ》の臭《にお》いがしたので、修理之亮は差料の鞘《さや》を払った。

目を凝らす。が、広い庭があるばかり。夜でもないのに、おかしすぎた。

誠兵衛も目を細め、なにかいるのかと顔を動かしていた。その丸顔が一つところに止まり、眉間《みけん》を険しくさせた。

「ん？」

声を上げながら手を翳《かざ》したところの地べたが、フワリと持ち上がった。

「――――」

土中から弓を横に構えた人影が沸《わ》き上がると、矢が放たれた。

ビュン。

過《あや》またず、修理之亮の喉元に飛んでくるのを、躱《かわ》すのが精いっぱいだった。

すると庭のあちこちから、巨《おお》きな土竜《もぐら》が立ちあらわれたのである。

悪夢の中に迷い込んだような、それでいながら頭の中は覚醒し、五感がピリピリと尖ってきた。

ブン。

金棒が地を這《は》って横殴りに薙《な》いでくるのを、義経ばりの八艘跳《はっそうと》びで避け、その撃ち手を叩き潰した。

グシャッ。

頭蓋骨《ずがいこつ》を割った。そこへ、ふたたび矢が飛んでくる。

避けられないと差料で払ったつもりが柄《つか》に当たり、修理之亮の手から得物《えもの》が離れていった。

が、怯《ひる》むことなく、敵の金棒を拾い上げた。

小太刀が突かれてくるのを目で捉え、金棒で薙ぎ払ったとき、敵の手にする太刀の持ち方が逆なことに気づいた。

——伊賀者か。

いうところの忍びの者なれば、土色の布を巧みに敷いた中に隠れ、機を見て躍り掛かると聞いたことがある。

修理之亮は以前、江戸城の中庭で伊賀の女者と立ち合ったのを思い出した。

しかし、その遺恨とは考えづらく、ここにいるのは男なのだ。それでも、伊賀の郎党であることはまちがいなかった。

──とすれば、背後に何者が……。

音もなく襲ってくる敵を前に、考える暇のあるはずはないのだが、ついつい想ってしまう。

──大奥の一派、それも水戸斉昭が送り込んでいる者の仕業か。

短槍《たんよう》が伸びてきた。手が痺れるほどに打ち返して落とす。それでも小太刀で刃向かってくるのを、手首を捻《ひね》って逆に突き刺した。

使ったことはないが、五尺の短い槍が手に入ったのは幸いとなった。

蜘蛛《くも》かと思う走りで迫る者が、鎖で修理之亮の足首を巻きつけようとしたのを、上から短槍で刺し貫いた。

敵は声も上げずに斃《たお》れた。

──伊賀ではなく甲賀であるなら、井伊家の近江彦根は近い。

直弼がとは思いたくない。とすれば「千石ばかりの旗本に、わが殿を近づけるわけには参らぬ」と、彦根藩内の誰かであろうか。

矢が三度《みたび》放たれたとき、修理之亮は躱せないと斃した男を楯《たて》にした。

グシャ。

嫌な音だが、射抜かれずに済んだ。

——下田の湊《みなと》で暴れた連中とは、考えづらい。しかし、ハリスが領事公邸から仕向けたのなら、これはおかしくはない。

弓を持つ者に走り寄り、修理之亮は槍を投げつけた。

スッ。

切れ味よい短槍が、弓の使い手の喉にすべっていった。

広い庭には斃された忍びの者たちと、身を隠すための土色の布が人数分だけ丸まっていた。

加太屋誠兵衛は尻餅をついているものの、気丈にもことばを口にした。

「なにがなにやら、これぞ修羅場でございますな」

「忍びを送り込んだ者の正体は、皆目つかめぬ」

「それにしても、お見事な太刀捌《さば》き。当節の幕府お役人は大刀など使えず、錆《さび》させていると聞いております」

「下の厩《うまや》に新門一家の火消どもがいる。この者たちの始末をせよと、言ってくれぬか」

「助かります。村の外れに火屋がございますゆえ、そこに無縁仏として放り込みましょう」

ひっそりと生き、修行を重ね、果ては人知れず葬《ほうむ》られる宿命《さだめ》にあるのが忍びの者たちだった。

「毒見役で、毒に当たるようなものだ……」

「なんでございましょうか、毒とは」

「いや、独り言。こうした連中は、死に切れぬとき自ら毒を仰《あお》ぐと聞く」

「辛《つろ》うございますな」

修理之亮は浅草から駕籠《かご》を走らせたのを、悔《くや》んだ。

市中を避けて来たことで、尾行をしてきた者に余計な詮索をさせてしまったようである。

伊賀者でも甲賀者でも、走ることにかけては火消を上廻るだろう。そればかりか古城を想わせる加太屋の邸《やしき》でも、侵入するなどわけもないはずだった。

が、取るに足らない旗本一匹を襲ったところで、なにがあるのか。

開国と攘夷に揺れることで、混乱を紡《つむ》ぎだしていた。敵を外にではなく、内につくってしまっているのだ。

たまたま修理之亮が兇刃《きょうじん》を躱せたのであって、これがつづけば内乱を見るのは火を見るより明らかである。

幕府の政《まつり》ごとを正しい方向へ導く国是が、いまだ定まってないからだった。

汚れた手を洗い、乱れた着物を直して居間に戻ると、誠兵衛は昼膳を用意して待っていた。

「とんだ邪魔が入りまして、ろくに話もできぬまま帰っていただくのではと危惧しておりました。お腹も、空いていらっしゃるのではございませんか」

膳の上には、ぬたという鰯《いわし》の酢味噌和《あ》えに、湯気の上がる煮物は冬大根に雁《がん》もどき、箸休めにこってりと砂糖の光る煮豆、それに一汁一碗が付いていた。

もとより毒見役として、粗食に甘んじていた身である。すぐに箸をつけはじめた。

「勝手な思い込みですが、御広敷役さまが訪ねて参られた理由は、札差どもが大名より聞く内緒話であろうと考えましてございます」

「旨い、この和え物。いや、誠兵衛どの、話をつづけてくれ」

「お若いのは結構なこと。なれば、お聞き流しねがいましょう。まずは老中首座、堀田備中守《びっちゅうのかみ》さまから。なんと五千両を融通してくれと、いきなりのご依頼があったとか……」

国表《くにおもて》は下総《しもうさ》佐倉の堀田家は江戸に近く、参勤交代に出費のかさむところではない上に、関東では一、二の石高を誇る十一万石は奥州のような飢饉《ききん》とは無縁の藩である。

「五千両を、どう使うと札差は考えたか」

「考えるより先、佐倉藩ご家老は申されたとのことでした。京都へ出向き、朝廷の勅許《ちょっきょ》をいただきに参ると——」

「ちょ、勅許をなんのために」

「アメリカと交易をするとの通商の約束ごとを、幕府朝廷揃って合意したいがためだそうです」

「大君と帝が、足並を揃えるということか」

「夢のような話ですな」

「できるのだろうか、夢をかたちに」

「さぁて、お手並拝見としか申し上げられませんが、備中守さまはお公家への根回しに袖《そで》の下をと、七千両の試算をしたのです。幕府より二千両、残る五千両を札差より……」

「備中どの一人の考えか」

「分かりかねますが、京で拒まれますと面目丸潰れとなりましょう」

「老中ばかりか、幕府そのものの権威が失《う》せる。で、五千両は出したのか」

「はい。成功を見た暁《あかつき》に、国是が定まりますゆえ」

平然と言い切る誠兵衛に、ここにも政ごとを推し進める天下びとがいると思えた。

が、修理之亮が口へ運んでいた箸が、ここで止まった。

——堀田備中守が京都へ行くことを、誰にしゃべるべきか。

修理之亮が口に出せば、江戸城中は上を下への騒ぎを見るのか、場合によっては京へ上る老中を阻止せんと襲撃されることも考えられた。

といって、堀田備中守に危険を知らせるものでもあるまい。今更ながら、出世することの懊悩《おうのう》が重たいことに、愕然《がくぜん》となった。

「余話な話を聞かせてしまったようですな」

誠兵衛は修理之亮の悩みを、見抜いていた。

「知るとは、怖いことであるな」

「なにを仰《おお》せでしょう。口を閉ざしておる限り、変わることはございませんです。見ざる言わざる聞かざる。これに尽きましょう」

——町人と幕臣は、ちがうのだ。

喉まで出かかったことばを呑み込んで、修理之亮は箸を置いた。

「馳走《ちそう》になった。いずれまた参るであろうが、拒まんでくれ」

「拒むなど考えも致しません。いらっしゃるときは、お使いを寄こしてくださいませ」

今日は言伝《ことづて》もなく訪れた。ということは、少なくとも忍びの連中を加太屋が仕込んだのではないことでもある。

知らぬまに、按摩の仙久は帰っていた。思いがけない半日に疲れ、修理之亮は欠伸《あくび》をした。

おつねという女中頭《がしら》に見られ、頭を搔いた。

一緒に加太屋の邸をあとにした火消たちは、なにごともなかったかのような顔でいる。それも修理之亮より若い者ばかりだった。

いまだ自分を定められない旗本は、北風に首をすくめた。ところが、火消はみな半纏《はんてん》一枚に、腰から下は褌《ふんどし》一丁である。

「おう。今年も火事の季節。吉原の馴染みと、別れを惜しむ数が増えるな」

「まったくだ。明日をも知れぬ身、精いっぱい可愛がってくれと、いつもの手で行くか」

「あはは。いい気なもんだぜ。おれら江戸の火消は、命を的《まと》に火を食い止める。それを売りに、花魁《おいらん》に身銭《みぜに》を切らして遊んでるとは、よそじゃ言えねえや。ねえ、旗本の旦那」

修理之亮を前に、火消たちははしゃいで見せた。

「もてる冬場の到来だったな、羨《うらや》ましい限りである」

「ご一緒に、どうです。今晩あたり。身体《からだ》を張った後じゃござんせんか。一家の客分と分かりゃ旦那も、只《ロハ》だ」

「止めておこう。なにかと口うるさい方々の目が、光っておるのでな」

「宮仕《みやづか》いてぇのは、辛《つろ》うござんすねぇ。そいじゃ、吉《きっ》ちゃんと留守番だ」

「ほう。一家には、女郎買いをせぬ堅物がおるのか」

「堅いってわけじゃござんせんで、わけありのお女中といい仲になっちまった吉《きち》三郎《さぶろう》ってぇ男が、遊ばなくなりました」

相手の女は大名家の奥女中に上がっていたところ、ひょんな切っかけで吉三郎とできてしまった。

男は火消、女は奥女中。釣りあいが取れないという理由で、大名家は女を送り出してくれない。しかし、奥女中おこうは、町人の娘なんですけどねと言い足した。

「大名が娘を気に入り、手放さぬということか」

「そんなところでしょうが、吉の野郎は飯も喉に通らねえって寸法で……」

「分からんでもないな」

大奥の女しまを想う修理之亮も、言い出せる立場になかった。双方が好きあったところで、成就するものではないのが恋なのである。

「すまじきものは宮仕え、ばかりか恋もまた、というところか……」

「上手い。旗本にしておくのが、もったいのうござんすよ」

襲われたばかりの修理之亮だったが、火消たちと馬鹿っ話をしている内に、襲った連中の背後に誰がいるのかということがどうでもよくなっていた。

風が強まりはじめた。

三之章　肉欲のまま

一

浅草の新門《しんもん》一家に戻ったときは、もう雨が降りはじめていた。

「寒いな、親分」

「修理《しゆり》の旦那、冬なんですぜ。それも、まだ雪には早《はえ》ぇや。町道場の代稽古をなさってた先生でも、御城内の勤めが専《もっぱ》らとなるといけませんかね」

「剣術の稽古をせぬ代わり、上質屋《うわじちや》で汗をかいたつもりだったが、風邪をひいたかな」

「お気をつけねがいましょう。西国のほうじゃ、長崎出島《でじま》渡りの虎狼痢《コロリ》てぇ恐ろしい熱病が、流行《はや》りはじめてるそうですぜ」

辰五郎《たつごろう》は身体《からだ》が弱っていると、それこそイチコロで殺《や》られるのでその名がついたと笑った。

「黒船は、大砲《おおづつ》だけじゃなく、そんなものでも脅してくるか。くわばら、くわばら」

衿《えり》をかきあわせながら火鉢《ひばち》に取りついた修理之亮《しゅりのすけ》の肩へ、男が褞袍《どてら》を着せかけてくる。

「気が利くな。新門の男所帯にも、やさしい者がいるようだ」

ふり返ったところに、色白で大人しそうな火消が頭を下げていた。

「うちの若ぇ者《わけ》で、吉《きち》と申します。芝居小屋にいるほうが似合う野郎ですが、足の速いのは飛脚以上です」

「吉てぇことは、吉三郎《きちさぶろう》か」

「ご存じで」

「帰りがけに、話の種になっておった。どこぞの屋敷の奥女中と、割ない仲になった色男であろう」

揶揄《からか》うつもりはなかったが、吉三郎は軽く会釈して奥へ失《う》せてしまった。

「火消には珍しい野郎で、なにをっと相手構わず食って掛かるような愚かな真似をしません」

「よいではないか、やさ男の火消てぇのも」

「そう思って家《うち》に入れたんですが、悩んじまうと今みてぇに落ち込んでしまいます」

男でも女でも色恋に悩みはじめると、手が疎《おろそ》かになる。一家の生業《なりわい》が火消であれば、ひとつの手ちがいもあってはならない。それゆえ吉三郎を、手元に置くようにしているのだと辰五郎は言い添えた。

「見込みちがいか、親分の」

「面目ねえ。並の火消ならスッパリと諦めるんですが、吉の野郎はいまだご執心てぇやつでさぁね」

「よほどいい女ってことなのだろうが、火消は幾つになったら所帯をもてるのだ」

「決まりなんぞ、ありませんや。小頭格《こがしらかく》になるまでは明日をも知れぬ身と女房を持たねえ者もあれば、早く子をつくって自分の血を残そうって奴もいる。どちらにせよ女房をもてば、ここを出て通いの火消ってことになります」

所帯を持てば遊んでもいられなくなり、親分の辰五郎としても稼げるような手当てをしてやるが、それでも博打《ばくち》や女郎買いを止めない火消は少なくないと笑った。

「吉三郎はどっちかな」

「さて、どっちに転ぶか。とにかく一途すぎますんでね」

百人もの火消を抱える辰五郎だが、あんなのは初めてですと顔をしかめて見せた。


江戸城の広敷に戻った修理之亮は、思いがけない斬り合いで疲れ、転寝《うたたね》をしながら夢を見た。

老中首座の堀田備中守正睦《びっちゅうのかみまさよし》が、積み上げられた千両箱を前に、加太屋《かぶとや》誠兵衛《せいべえ》に平伏《へいふく》をしているのだ。

領事ハリスが、虎狼痢の毒を笑いながら井戸に撒いていた。その横に、追い出されたはずのお吉が縛《しば》られている。

下田奉行の井上清直《きよなお》は、与力の片桐重太郎《かたぎりじゅうたろう》とともに、アメリカ公邸の玉泉寺《ぎょくせんじ》の台所で異人の膳に旨《うま》い旨いと箸をつけていた。

溜間《たまりのま》で井伊直弼《なおすけ》が水戸斉昭《なりあき》の衿をつかんで罵《ののし》ると、将軍家定《いえさだ》が扇を手に天晴《あっぱ》れと叫んだ。

大奥の老女瀧山《たきやま》が、伊賀者たちをあつめて下命していることに気づき、修理之亮は声を上げた。

「わ、わたくしめを襲えと命じたのは、瀧山さまでございましたかっ」

跳びはねるように身を起こしたが、部屋に誰もいなかったのは言うまでもない。

夢は五臓六腑《ごぞうろっぷ》の疲れがもたらすものと聞いていたが、嬉しいものは一つもなかった。

修理之亮は、考えなくてはならないことがある。加太屋で、自分を狙った者たちの正体と、その背後にいるのが誰なのかだ。

見当がつきかねるというより、誰であっても考えられるから厄介だった。

しかし、思いついたところでどうすればよいとの答が、まったくない修理之亮なのである。

「ここは一つ火消のごとく、風に柳と受け流すほかあるまい」

江戸っ子らしく、肚《はら》を決めた。考えるより、動く。これを、おのれに課すことにした。

日暮れどきなのか、廊下を歩く者の足音が聞こえ、下城してゆくのを知った。

御広敷役《おひろしきやく》となって以来、江戸ではほとんど毎日を城中宿直《とのい》の修理之亮である。

着替えは幾つかあり、祥之進《しょうのしん》が洗ってくれた。三度の食事は、中奥《なかおく》の膳所が運んでくる。ときに大奥から届けられる膳は、無上の喜びとなっていた。

ところが昨今、運ばれてこなくなったことには、なんらかの力が働いているのではないかと考えはじめたが、止めた。

――膳に毒を盛られるより、ましではないか。

ものごとを茶にしてしまうのが、江戸者の生き方だった。

毒見役《どくみやく》だった修理之亮は、その役目ゆえに堅苦しい毎日を強《し》いられていた。おかしいくらい大真面目に忠義に励もうと、自身を型に嵌《は》めようとしたのではないか。

思いを至らせたのは、阿部伊勢守正弘《いせのかみまさひろ》が早逝《そうせい》したからである。のらりくらりと口やかましい老侯たちから距離を取り、無駄な諍《いさか》いを避け、根回しを怠《おこた》らず、あるべき国是《こくぜ》をつくり上げようとしていた。

伊勢守に休む暇があったとは思えない。豪胆でありながら、細心の注意をしつづけたことが、命そのものを縮めたにちがいなかった。

還暦まで生きようとしないまでも、せめて人間五十年と詠《うた》った信長くらいは生きたかったろうし、国是も定まったはずである。

四十にも届かない生涯を、阿部正弘は悔んでも悔みきれなかったにちがいあるまい。

長生きがよいこととは思わないが、事を為《な》すにはあるていどの歳月は必要だったであろう。

そこで我が身を振り返った。小身《しょうしん》の旗本家に生まれた修理之亮には、これという信条なり理念は爪の先ほどもないのだ。そして正直なところ、今もない。国是を一つにすることに同調できても、前のめりになって働き掛ける身になろうとは考えなかった。

根っから、いい加減な男である。

しかし、その奥に垣間見える侍の矜持《きょうじ》に、本人だけが気づけないでいた。井伊掃部頭《かもんのかみ》の二十三両が、懐《ふところ》に残っている。腹が空いてきた。城中の飯より、下城して名代《なだい》の料理屋に上がるかと立ち上がった。

黒船の艦長《カピタン》ペルリが饗応《きょうおう》された日本橋の百川《ももかわ》だかに上がってみるかと、腰を上げた。

——直参《じきさん》千二百石の旗本が、ひとりで老舗の暖簾《のれん》をくぐり、たまには下にも置かないもてなしを受けるのもわるくない。伊勢守さまのようにならないためにも、息抜きは大切なのだ。

身勝手な理屈をつけ、着物を脱ぎはじめたときである。

「修理さまへ、晩の御膳でございます」

「祥之進。今宵《こよい》は外に出て会食があるゆえ、おまえが食べるとよかろう」

「よろしいのでございますか、奥向《おくむき》よりの箱膳をいただいても」

「——。会食は、どうでもよい者どもであった。大奥より精魂込めた心づくし、ここへ持て」

いい加減なこと、この旗本をして代表格と言えよう。

脱ぎ散らかした羽織《はおり》と袴《はかま》を床ノ間の棚に押し込み、さも着物が着崩れたかのごとき様で帯を締め直した。

箱膳がもたらされ、祥之進が顔を覗かせた。

「おまえが運んだのか」

「いいえ。御広敷役さまへの給仕をと、御女中さまが控えております」

「おっ。左様のことなればねがおう。祥之進、下城を許す」

身分や石高を自慢する気はないが、役得を享受することを恥じる修理之亮ではなかった。

お犬子どもと呼ばれる下働きの小女でもいい、淋しく一人で箸をつけるのが嫌になっていただけなのである。

「北村祥之進、本日は下城致します。くれぐれも火の用心、ねがいまする」

いつにない言いようが、火の用心のことばに込められていた。火遊びはなりませぬぞと掛けているのだ。

——小洒落《こじやれ》たことを言いやがって……

修理之亮が睨むと、祥之進は襖《ふすま》の背後にいる奥女中を横目で見やりながら立ち去った。

人の少なくなっている広敷で、給仕役が小女であっても不義を働こうと考えるほど馬鹿ではない。が、ここばかりは城中で唯一、女が姿を見せるところとなっているのであれば、誰もが羨《うらや》む広敷なのだ。

お目見得《めみえ》以下の御家人が大半の広敷だが、ほとんどが世襲である。それでも空きが出ると、無役の旗本までが名乗りを上げると言われていた。

それが御広敷役という筆頭職は、女とことばを交わすことまでできる美味しい役だった。

去年までいた御広敷番頭《ばんがしら》は、修理之亮が来て以来空席のままである。

「待たせた。膳を、ここへ」

「はい」

耳に届いた声と、女の着物に焚《た》き込められた香《こう》の薫りが、一瞬にして修理之亮を絡《から》め取った。

「し、しまどの……」

中臈《ちゆうろう》として大奥へ上がったものの将軍の手がつかず、今は瀧山の表使《おもてづかい》となっている女がたった一人で入ってきた。

僥倖《ぎようこう》なんぞというありきたりな福運でなく、天から小判が降ってきたほどのおどろきに、寝耳に甘い吐息を吹きかけられたような仰天を併せた正夢が、眼前にあらわれたのである。

転寝のつづきが、修理之亮を呆《ほう》けさせた。

世に数人もいない美女が、かしずいた。その動きだけで、得も言われぬ薫りが鼻をくすぐり、股間を熱くさせたのだった。

もちろん手を触れることさえもってのほかで、肩を抱けば上様の持ち物に手をつけたと、斬首されよう。

嬉しいにもかかわらず、蛇《へび》の生殺しはいただけない。

卵から出たとたん忌《い》み嫌われつつ叩き潰される運命にある蛇とて、徐々に湯を熱くしてゆく中に放り込まれるのは、堪《たま》ったものではないのだ。

欲情の捌《は》け口がないままのところへ、美人が虎の檻《おり》に入ってきたようなものだった。ところが虎は、手枷足枷《てかせあしかせ》の身とされている。

ことばが出ない。おどろいたことに、しまの額《ひたい》にうっすらと汗が滲んでいた。

初冬。大きくもない火鉢が一つで、城中の天井は高い。

――しまどのも、汗をかいている……。

わけが分からなくなり、喉が渇いてきた。水をと思うものの、水指《みずさし》から湯呑へ注ぐことはできても、修理之亮用しか置いてなかった。

自分は飲んでも、奥女中は広敷での飲食は禁じられている。

しまの汗は退《ひ》かない。着物の衿を少し開《はだ》けたようだが、そこにも汗が見えた。

――緊張は、おれだけじゃない。

思ったものの、どうしてよいものか手の下しようもなかった。

やがて嗅いだ憶えのある匂いが鼻を襲い、修理之亮は狼狽《うろた》えた。吉原の廓《くるわ》や深川の岡場所で、馴染んだ女が立てる匂いなのだ。

「阿部さま。御重《おじゅう》の中は、青菜の辛子《からし》和《あ》え、鮒《ふな》の煮付、蓮《はす》の木ノ芽あわせ。その下は、御飯と香ノ物、豆腐汁となっております……」

息切れのまじる囁《ささや》くような声で、しまは献立を口にした。

「その下は？」

「いえ。もうなにも」

「三ノ重に、しまどの。そなたがおろう」

思いきって言ったなり、修理之亮は女の身体を引き寄せた。

「あ、あれっ……」

抗《あらが》うことばとは裏腹に、しまが縋《すが》りついてくることにおどろきはなかった。

もう止まらない。どちらからともなく抱きあい、口を吸い、帯を解くのももどかしく、男の手は女の長い裾《すそ》を割っていた。

誰かに見られても、一大事と声を上げられても、犬畜生《いぬちくしょう》に劣るおこないと誹《そし》られても、構うものかと肚を据えた。

声だけは洩《も》らすまいと堪えるものの、ふたりの息は上がってきた。

まっ白な脛《はぎ》は滑《なめ》らかで、男の指に吸いついてくる。その奥は熱を帯び、やわらかな毛がまとわりついたとたん、もう我慢ができなくなった。

下帯から硬くなった物を取り出し、狙い過《あやま》たずに納めた。

「うっ」

「…………」

獣《けもの》同士の交尾は、ほどなく果てた。

互いに肩で息をし、手だけ離すことなくつないだままでいるのは、ここに一瞬であっても夢が結ばれたこととなったのである。

おのれ達の意志と情念が、江戸城本丸の掟《おきて》を破ったのだ。

ふたり重ねて死罪、であるなら嬉しい。

が、堅く結ばれた男と女を、芝居のように錦を飾ってくれるわけなどどこにあろう。

今ここに、修理之亮は血の通う宝を掻き抱いている。静かに眼を閉じて口元には笑みさえうかべる獲物だが、食べられにやって来たような気がしてきた。

「死ぬつもりで参りました。修理さまを道づれにしてしまったのが、心残りでございます。でも、嬉しい……」

まちがいなく、しまはそう思い、それをかたちにして身を委《ゆだ》ねているのだ。

部屋に人が入ってきたなら、あるいは誰かが覗き見ている者がいれば、あられもない者として恥ずかしい姿を晒《さら》していることだろう。

「なにひとつ、怖れるものなどない」

修理之亮はつぶやいた。

広敷に音はなく、ひっそりと冬の夜を迎えている。燭台《しょくだい》の灯りさえ揺れず、しまの雪をも欺《あざむ》く白い脚を照らしていた。

片はずしと呼ぶ大奥女中の髷《まげ》は、まったく乱れていなかった。修理之亮の攻めを、懸命に耐えていた証《あかし》だった。

代わりに、生え際に汗が見えた。それを舌で掬《すく》い取ると、女は目を開けた。

「もう、戻らねば……」

「このままで」

「なにを仰《おお》せでしょう。修理さまは一日でも徳川家のため、お役に立たねばなりません。今宵のこと一切は、わたくしめの不作法なるふるまいゆえ——」

「そなた、罪を一身に背負うと申すか」

「わたくしが仕向け、御広敷役さまを落としたのでございます。獣にも劣る所業は、女《お》なごの道に外れたもの」

言いながら、しまは乱れ汚れた襦袢《じゆばん》を始末しはじめた。

置いていって欲しかった。

男の放ったものに、未通女《おとめ》の印となる赤いものが混じっているそれを、修理之亮は求めようとした。

持って出てゆくなと女の手を引いたが、ふり切られてしまった。

大奥からの箱膳が、手つかずのまま取り残された。

夢を見ていたようだったが、外れたままの下帯が醜《みにく》いだけのおのれの分身を曝《さら》けだしているのであれば、まぎれもなく真実《まこと》の出来事だったのだ。

考えるほど、わけが分からなくなってきた。それでも、膳の箸を手に取った。きれいに詰められた箱膳のあれこれを、修理之亮は獣のごとく食い荒らしはじめた。

二

寒い朝と気づいたのは、夜着も掛けず畳の上に寝ていたからである。

修理之亮は苦しいほどの自責の念と、狂おしいばかりの恋ごころに苛《さいな》まれていた。

あまりに迂闊《うかつ》だったこと、手順を踏んで妻女として迎えるべきだったのだ。

今更悔んだところで、どうなるものでもなかった。

銅塀《あかがねべい》を隔てた大奥では、拘束された女がひと晩じゅう辱《はずかし》めを受けていたのではないか。

「男の匂いが致すのは、なにゆえぞ」

「上様お目見得の女《お》なごが、なんとまぁ卑《いや》しい真似を」

「そなたを御城へ召したのは、誰なるや。かような畜生《ちくしょう》ごとき不浄な女、いっときたりとも置くわけには参らぬ」

裸に剝《む》かれて笞《むち》を打たれるならまだしも、卑猥《ひわい》きわまりない恰好をさせられていたならと考えはじめると、いてもたってもいられなくなって、思慮分別もなく欲情のまま突き進んでしまった自分が情けなかった。

それればかりか、取り返しのつかないことに、老女瀧山にも申し開きできないのである。

「御広敷役さま。炭の継ぎ足しを致しとうございます」

茶坊主の声にも、飛び上がるほどおどろいた。

襖《ふすま》が開き、年若な茶坊主が顔を上げる。その顔は、修理之亮のあられもない姿に眉をひそめた。

「いつもの宿直《とのい》でございましたようですが、床《とこ》も取らずそのままで……」

千二百石の旗本が、城中にある様ではない。

「呑みすぎて、そのまま寝入ってしまった」

「お風邪を召してはいけませぬゆえ、葛根湯《かっこんとう》を持参いたしましょう」

炭箱ごと取り換えると、茶坊主は出て行った。

いかがわしい臭《にお》いが残っているのではと、修理之亮は畳に鼻をつけて嗅いだ。

江戸城では、時計之間《とけいのま》から鳴る小さな鐘の音で刻限を知ることができる。しかし、今朝の修理之亮は、それを聞き取る耳すらなかった。

「おはようございます」

北村祥之進が登城してきた。昨晩、しまが膳を運んできたのを知っている。乱れた恰好を見せたくない。

「待て、祥之進。着がえておるゆえ」

「お着替えなれば、手伝います」

ずかずかと入ってきた。修理之亮の姿を見て、首を傾《かし》げた。

「御用部屋にて、剣術の稽古でしたか。お髪《ぐし》が乱れておりますようで」

「――」

町人の髷《まげ》とちがい、鬢《びん》を横に張らない侍の髷は、横になったくらいでは乱れないものだった。

「相撲をとったような、なんの稽古でございましたか、お一人で」

「その、なんだ。柔術の寝技だ」

言いながら、すわった祥之進の腕を引きながら仰《あお》むけに倒し、脚をからめた。

「わ、分かりました。いずれ、わたしも習うことにいたします」

修理之亮はいつもなら、笑ったろう。しかし、顔は強張《こわば》っていた。嘘をつく自分が、嫌だった。

「いよいよ本日が、ハリスの登城だそうでございます。大手門は警固方《けごかた》の番士が、犇《ひし》めき合っておりました」

「今日が、拝謁《はいえつ》の日か……」

「執拗きわまりない要請が毎日あったばかりか、アメリカ軍船が江戸の入り江に向かうと脅して参り、仕方なく急きょ決まったと聞いております」

行列を連ねて伊豆下田から上府したものの、幕府翻訳どころの蕃所調所に逗留《とうりゅう》させられたままなにもさせてもらえないでいたハリスである。

業《ごう》を煮やしての拝謁要求は、命がけだったろうと思えた。

好いた女を命がけで抱くのとは、大ちがいなのだ。

「ハリスどのは、偉いな」

「そうでしょうか。わたくしには卑怯に思えてなりませんが」

偉いと口に出すと、修理之亮は俄然《がぜん》元気が出てきた。叱責され処断されるなら、自ら出向いてやろうと意気込んだのである。

「祥之進。溜間の井伊掃部頭さまへ、これより伺《うかが》う旨《むね》を伝えて参れ」

「おられるか、どうか」

「掃部さまなれば、ご老中方以上に異人の拝謁に気を掛けておられるはずだ。忙しいと断わられても、お手間は取らせませんゆえと申してこい」

急いで着替えた修理之亮は、鏡を見ながら髪をなでつけると、返事を待つのももどかしく、祥之進のあとを追った。

祥之進とは廊下ですれちがい、すぐに来てほしいと伝えられたという。

溜間の前に膝をついた。

「阿部修理之亮、参りましてございます」

「うむ」

部屋には、掃部頭ひとりだった。

「ほかに人はおらぬ。みな天下の一大事と、額を突きあわせての小田原評定《ひょうじょう》。正しい答など、出るはずもないのだが……。さて、話を聴こう」

側《そば》へ来てくれと、掃部頭は座布団を指し示した。

耳役と称する床下に潜む者が溜間にいるとは思えないが、直弼は小さな火鉢《ひばち》をあいだに、修理之亮と面《つら》突きあわせた。

「札差《ふださし》どもに、会えたか」

「加太屋と申す上質屋《うわじちや》の主人、誠兵衛なる男に近づけました」

「聞かぬ名だが、いずれの大名家に出入りしておる」

直弼は上質屋という名さえ、知らなかった。

市中の質屋ばかりか、札差たちへも貸し付ける分限者《ぶげんしゃ》だと説明すると、小さな丸い眼を剝《む》いた。

「表に出ぬ者とは、なんとも恐しいな。使えそうか」

いきなりの問い掛けは直弼らしく、修理之亮は返答に窮した。

「掃部頭さまは、なにに使うと仰《おお》せでしょう」

「砲を据える台場づくり、そのための大砲《おおづつ》や弾丸《たま》の量産、と言えば水戸ご老侯の台詞《せりふ》となる。むろん、それも必要となる。が、その前に異人の肚《はら》の内を読みたい。百年余も昔の異国の紀聞を下敷にしている幕府では、不首尾を見る」

「と、なりますと」

「通詞《つうじ》を見ても分かるであろう。ハリスのことばは、蘭語ではなく英吉利《エゲレス》のことばだ。聞けばオランダは、英吉利らに大きく遅れをとっているようだ。にもかかわらず、蘭語に執着するだけでなく、それが異国のすべてだと信じ込んでおる。それればかりか、水戸どのは万次郎《まんじろう》をアメリカの送り込みし間者《かんじゃ》と申して、本日の拝謁席から外しおった」

「万次郎とは――」

「天保《てんぽう》の頃と申すゆえ二十年ほど前だが、土佐中ノ浜村の漁師万次郎は漂流し、アメリカの鯨船《くじらぶね》に救われた。そこから学舎に身を置き、ことばを対等に使えるまでになった男。その唯一無二の万次郎を、水戸どのは……」

憤懣《ふんまん》やる方なしと、直弼は顔をしかめた。

名を中浜《なかはま》ジョン万次郎。今は幕臣となって軍艦教授所を見ているらしいが、同じ幕臣ながら、修理之亮は知らなかった。それほどまで秘されていたということになる。

「武士、それも主家のある侍なれば嘘をつかず、民百姓は信じられないという水戸さまは、どうかと思います」

「そのとおり。話はそれたが加太屋とやらの富を、異国を学び取ることに使いたい。ことばはもちろん軍艦や大砲を造る技などを、そして遠くない内に異国へ人を送りたいと余は考えておる……」

遠くを見つめる目をした直弼に、修理之亮は若やいだ輝きをおぼえた。

「誠兵衛なる人物、掃部頭さまのお考えに賛同すると確信致します」

「であったとして、この掃部は無役である。見返りが差し出せぬ」

笑った。

「これも国是《こくぜ》のひとつと考えるなら、返礼や恩賞などどうにでもなりましょう。善は急げとするなら、早速に話だけでも伝えて参ります」

大奥の女に手を出した御広敷役の自分は、近々罷免《ひめん》され死罪となりますゆえ急ぐのですと、胸の内でつぶやきながら退出をした。

幸いにも、城中に大罪人の御触《おふ》れは回っていなかった。が、このまま広敷に戻れば拘束されるのを待つばかりとなる。

逃げるつもりはないものの、今しばらく手足を伸ばせるならと下城を考えた。

新門一家へと思ったが、掃部頭のねがいを伝えたく、加太屋へ向かうことにした。

広敷門の番士は、いつもながらの居眠りだった。

――ということは、このおれを捕えろのお達しはまだ……。

今のうちにと、早足で通り抜けた。そのまま走ろうとしたが、腰には脇差のみ、懐《ふところ》には一文も入っていない修理之亮である。

朝めしもまだなら、用足しにも行っていなかった。

いちばん近いところは、番町の実家だ。追っ手が待ち構えているか、親への取調べがはじまっているか。なんであれ、修理之亮にとって空腹は辛いものになっていた。

代々が毒見役だったことによる心の傷に、ちがいあるまい。

半蔵御門《はんぞうごもん》を通り抜けると、走った。

将軍の女を、寝盗ったのである。広く公《おおやけ》にしては、幕府の恥。人知れず捕縛《ほばく》し、気づかぬうちに始末せねばならないはずだった。

どの門も簡単に出られたのは、そうした面目からだろう。

恋しい女を見捨てての逃避に後ろめたさがないわけではなかったが、城を抜け出る以上に難しいのは、大奥へ入ることのほうである。

「しま、生きてくれ」

祈りを込めて、口にした。


「若さまの、お帰りです。あれ、駕籠《かご》にも乗らず、どうしたかねぇ」

女中おひさが声を掛けたところに、下男の六助《ろくすけ》が箒《ほうき》を手に出てきた。ふたりとも、少し見ない内に肥えている。阿部の姓を賜《たまわ》り、毒見役でなくなったとたん、食事が良くなったにちがいない。

「御毒見役である限り、虚弱であるべし」との家訓が、取り払われていたのである。

三度の粗食が満腹を許し、午前、午後、夜食に菓子が出されるようになった。

「親父どのは、太られたろうな」

「なんですねぇ、若さま。息災かと訊《たず》ねるのではなく、太ったとは」

「ちがうか」

「当たってますです。着物の身幅がと、呉服屋がしょっちゅう参っております」

「母上は」

「それが召し上がりつけない値の張るものを、おたきさんと山のように――」

「腹を下したろう」

「はい。馴れないものはいけないって、ふたりは元のままですよ」

今ひとりの女中おたきと母親は、太らないでいると笑った。

「済まぬが、おれに握り飯と、差料それに銭《かね》をもってきてくれ」

「どこぞへ遠出ですか」

「親たちには、内緒でな。幕府の密命ゆえ、口にすることは憚《はばか》られる……」

嘘ばかりつくようになった修理之亮は、顔を歪《ゆが》めた。

「御広敷てぇところのお勤めは、直情一本槍だった若さまには辛《つろ》うございますようでございますな」

六助に見抜かれた。おひさもニヤリとした。

「いい匂いがしますねぇ。御広敷は、そうしたところですか」

「――」

女ならではの勘である。昨夜のことから湯にも入らず、修理之亮は顔さえ洗っていなかった。

吉原からの朝帰りと思われたのなら、それでいい。しかし、色里の女たちは客の女房たちを考え、香りの立つものは控えることにしているのだ。

「修理の旦那、こちらにいらしたとは有難《ありがて》ぇ。親分が呼んで来いって」

そこへ新門一家の若い衆があらわれ、急ぎの用があると伝えに来た。

「とうとう呼出しか」

「若さま。なんぞ粗相《そそう》をなさいましてか、御城で」

六助は修理之亮の性格を知った上で、言いあてた。

ここで逃げては末代までの恥と、修理之亮は加太屋へ行くのを諦めた。

「握りめしも銭も、用なしとなったようだ。が、差料だけは取ってきてくれ」

浅草へ行く途中で、大奥手配の者に斬られては旗本の名が廃《すた》る。そうさせないためには、かたちだけでも反撃をしてみせなければならなかった。

侍は腰のものを抜かずに討たれるのを、恥とされている。

奥女中と密通をした幕臣は、世間に知られぬ内に始末せねばならない。城中の番士が追っ手となり、偶然に見せかけた殺傷を起こすのだ。

修理之亮が消えることで、しまとの不義はうやむやになろう。

「御広敷役の阿部どの、市中にて暴漢に遭い死去されました」

このひと言で、従前のままの江戸城に戻るのだ。変化をなにより嫌う守旧派の、好むところだった。

使いの若い衆は、役に立ったと笑っている。その眼に企《たくら》みが見えないのは、辰五郎もまた江戸城からの使いに騙されているのだ。

「阿部さまが新門一家に立ち寄ると申して、下城された。火急の用向きゆえ呼び出してはくれまいか」

御城からの使者に言われた辰五郎は、修理之亮が行きそうなところへ人を送り、探すことに手を貸したのである。

犬死だけはしたくない。修理之亮は、正式に死罪を賜りたかった。

たとえ奥女中しまが井戸へ投げ込まれ「さような女、柳営《りゅうえい》におりませなんだ」とされても、あの世でふたりとも堂々としていられると信じたいのである。

六助が戻って、差料を掲げた。

「台所方におられた頃の太刀ですが、研《と》ぎに出しておりませんです」

「それでよい。六助、親父どのには言っておらぬであろうな、家に参ったこと」

「大丈夫でございますよ。いずれ、ゆっくりしにいらして下さいまし」

「うむ。されば」

修理之亮は二度と来ることはないので、さらばと言いたかった。

四方八方に目を配りつつ、新門の若い衆と一緒に浅草へ向かった。

三

気を張って歩いたので、肩が凝った。首を廻しながら一家の玄関口に立つと、下田の領事邸で火ノ用心を仕切っていた小頭《こがしら》、國安《くにやす》に出迎えられた。

「戻ったのか、國安」

「へい。ハリスも通詞の男も、江戸へ行ったきり帰ってきません。火消連中を残して、昨日帰りました。そしたら、今日がハリス拝謁《はいえつ》の日だと、一家は今、人集めに躍起です」

「人集めして、なにを致すのだ」

「それで修理の旦那にと、使いの者を出したわけです」

親分の辰五郎が國安の背ごしに、声を放ってきた。

「おれに、なにを」

「異人の大将が、九段坂の蕃書調所から御城へ向かいます。それも往復だ。有象《うぞう》無象《むぞう》どもの警固方をね、やってほしいと頼まれました」

「御城のどなたからの、お声掛かりか」

「彦根三十五万石の、掃部頭さまでさぁ。幕府の番士は大勢出るが、物見高い町人が束になって騒いだら制止は難しい。で、火消たちを集めてくれってね」

幕府役人は、攘夷《じょうい》を掲げる浪士どもの襲撃に目を光らせるだろう。そこに大勢の群衆が、攘夷連中を隠す役割をしてしまうと、警固はしづらくなるのだ。

井伊直弼の考えは、理に適《かな》っていた。

「辰五郎。言われたまま、手伝ってやれ。江戸中の火消を、集めろ」

「そうですかい。おう國安、川向こうの本所深川の連中にも声を掛けてこい」

命じる最中《さなか》、早くも小頭は飛び出して行った。

「つまらねえことで呼び出しちまって、申しわけござんせんでした。井伊の殿様ってぇのは、偉いお方ですかぃ」

「偉いというより、出来るお方だ」

「旦那が心服なさってるなら、心強いってもんだ。報酬《さかて》抜きで、助けやしょう」

話が早い。それこそが、俠客《きょうかく》なのだ。

「ところで親分、今朝から変わったことはないか」

「大名家の用人がやって来たのは、変わったことにちがいありませんやね。ほかにと言やぁ、吉三郎の野郎だ。暴れたんで、ふん縛《じば》って奥の納戸《なんど》に転がしてます」

ちょうど彦根藩の用人が来たときで、いきなり大声を上げ、わけの分からないことを言いだしたという。

「吉三郎と申すのは、どこだかの奥女中とできて仲を割《さ》かれた火消であったな」

「へい。気がふれちまったかと、心配してます。猿轡《さるぐつわ》をかましましたけどね」

修理之亮には、耳に痛い話だった。好《す》いた女と添うことができない十七、八の火消であれば、我慢しきれないのは当然なのだ。

――おれだって声を上げたくなるぜ。

胸の内でつぶやくと、腹が鳴った。

「こりゃ失礼をば。旦那は朝めし前でしたか」

「食わせてもらおう。親分」

「大したものはござんせんが、中へどうぞ。あ、吉の野郎もまだだな……」

同病相憐《あいあわれ》むわけではないものの、修理之亮は吉三郎に会ってみたくなった。

「恋に狂いし男を、見てやるか」

「物好きにも、ほどがありまさぁね。めしを食いながらでも見てやってください、笑えますよ」

奥の納戸に案内された。

縛られて放り込まれたからか、箸をつける吉三郎は落ち着きを取り戻していた。

「吉三郎、恋とは苦しいものであろう」

「………」

大人しくしてはいるが、目の奥に怒りがあった。

「身分という厄介なものがあってな、分かろうとしてもなかなか――」

「そんなんじゃねえ。おこうだって、町人です。町人として育ったんだ」

「ならば火消という仕事に、女の主家《あるじ》は首を横にしたか」

「あっちは、わけの分からねえ話をしてきたんだ。おこうは、お大名が秘かに産ませた娘なのだって……」

正室あるいは側室の子は、胤《たね》が大名のものであれば、女でも血筋につながる者とされる。それが一度限りのお手付きであっても、大名が認めることで落し胤の傍列に加わるのである。

おこうは先代当主が手を付けた奥女中の子として生まれたが、認められることなく城下に追われたのだと聞かされていた。

「認めておらぬというなら、落し胤とはなるまい」

「でも、おこうの家には先代藩主からの女脇差と、花押《かおう》のある書付《かきつけ》が残っていて、城代家老さまがそのことを承知しているって言ってました」

「面倒な話だな、吉三郎。いわゆる御家騒動に関わるとなると、場合によってはおまえの命も危ない」

「死ぬくらい覚悟してます。が、その前におこうさんの本心を確かめたいんでさぁ……」

本気になっている吉三郎を、修理之亮は自分自身を見ている気になった。

「吉三郎。逢って確めてみたところで、どうなるものでもあるまい」

「さっぱりするじゃありませんか。ほんの遊びのつもりでしたと言われりゃ、笑えまさぁね」

「逆であったら?」

「ふたりして逃げるところまで逃げて、一緒に死にます」

「おだやかではないな」

言ったものの、修理之亮も同じことをしたかった。

「修理の旦那、なんとか一目でも逢えないもんでしょうか。御城のお知り合いを通じて」

「御家騒動はどこの藩でも表に出づらい話ゆえ、訊いたところで教えるはずはない。難しいな。仲介役を引き受けるお方など、いないだろう」

「近江《おうみ》彦根藩なんですが」

「――――」

思わず腰が浮いた。

しかし、直弼が藩主となったのは七年も前で、今さら後継云々を蒸し返すわけなどないのだがと首を傾《かし》げた。

「御広敷役さまでも、無理でしょうか」

「力になれぬかもしれんが、当たってみよう」

ことばを濁して、若い火消の目を見ることなく部屋を出た。

修理之亮の知る限り、彦根三十五万石の先代藩主直亮《なおあき》に実子はなかった。が、おこうが唯一の実子であるなら、国表《くにおもて》を守る城代家老は手元に置きたがるのではないか。

「当代の殿が、わが藩の先行きを危うくするようなら……」

藩を二分しても、家老は楯《たて》つこうとするかもしれない。そうした藩が、いくつも生まれている今だった。

どこでも守旧派と改革派が、黒船の到来を見てから目に見えるような溝を作っていた。

攘夷云々《うんぬん》にこと寄せて身分の低い下士らが、上士に刃向かいはじめていたのである。

おこうという奥女中は、まつり上げられるのだろうか。とすれば、すでに国表の彦根に送られているかもしれなかった。

——それとも藩主派の手によって、井戸の底に沈められた……。

毒見役であった頃とちがい、広敷役人となったことで重苦しく考える癖は、たとえようもないものになっていた。

「いかがでしたか、吉の野郎。旦那に、世迷《よま》いごとの数々を吐いたか、それとも終始口をつぐんでいましたかね」

「新門の者は、みんな肚《はら》が据わってるよ。女のために、死ねるそうだ」

「あはは。若《わけ》ぇ内だけでね、なぁ國安。あ、奴は深川へ行ったんだ。あっしと國みてぇに生き残っちまうと、死にたくなくなる。へへへ」

辰五郎は暗に修理之亮を皮肉ったような、不敵な笑いをした。

おまえさんは、まだ若い内のほうですかい、と。

修理之亮への追っ手は、いまだ来ていなかった。というより、ハリス登城で手が廻らないのだ。

逃げたところを捕まるくらいなら、自ら出向いて処罰されてやるかと、大胆にも城へ戻ることにした。

四

市中の辻ごとに、火消が数人ずつ立っていた。やがて江戸城が近くなると、そここに番士が目を光らせていた。

ハリスはまだ城中にいるのだろう。

どのような交渉がされ、家定公へのお目見得が上手くなされたか、修理之亮には知りようもなかった。

瀧山に会う気になれないのは、禍《わざわい》をもたらせたことで老女の立場を危うくさせてしまうからである。

おのれの配下にある奥女中の不始末は、将軍への背信となる。修理之亮が謝ったところで、取り返しはつかないのだ。

——大奥ご老女は、静かに処断を待っているだろう。なれば掃部頭さまに。

修理之亮は広敷に戻る前に、溜間詰《づめ》の掃部頭直弼に会おうと決めた。

国表の彦根に反対派が生まれつつあること、それに加太屋が話してくれた老中首座の備中守が五千両を借りていることも伝えようと思った。

「鼬《いたち》の最後っ屁だぜ」

広い廊下を歩きながら、苦笑いした。

それにしてもと、辺りを見まわすところに番士の数は少なかった。大半がハリス拝謁の場にあるのだ。

領事と通詞たった二人の異人に、この始末である。おそらく腫れ物に触わるがごとき扱いがなされているにちがいなかった。

ハリスの求めるのは開港と交易の取り決めにちがいなく、幕府の返答は大君と帝《みかど》の承諾を得なければ応じられないと、双方の水掛け論になる。

——江戸っ子になれよ。

修理之亮は考えた。

口先ばかりで腸《はらわた》のない江戸っ子は、思ったままをことばにし、下手な小細工を嫌うだけでなく、責任も取る。そしてなにより、潔《いさぎよ》いのだ。

が、そんな役人はいなかった。

出向いた溜間から、白皙《はくせき》の四十男が出てきた。月代《さかやき》を剃らず、学者ふうを装って見える。目が合って、会釈を交した。

敷居の前に立つ修理之亮を、掃部頭にご用かと訊《たず》ねられた。

「いかにも。御広敷役の阿部と申します。貴殿は彦根藩の」

「左様、用人役を仰《おお》せつかる長野と申す者。殿、お客人にございます」

敷居ごしに、ひと言を放った。

「どなたかな」

直弼の高めの声がして、修理之亮は膝をついた。

「阿部修理、またぞろ参りましてございます」

「早いな、近《ちこ》う。では長野、よろしく頼みおくぞ」

用人を帰した直弼は、機嫌よく修理之亮を迎え入れた。

今日も部屋には掃部頭ひとりだった。

「みな異人の登城に右往左往、この掃部だけがこうしておる。見世物《みせもの》ではなかろうに、大勢が顔を出しては異人とて嬉しいはずがない。そう思わぬか」

「同感に存じます。今朝は加太屋へ掃部頭さまの善を急ぐつもりでしたが、市中に出たところ知り人に呼び止められました。浅草の新門辰五郎一家の者です」

「新門の者と親しいとは聞いていたが、なにか」

「井伊掃部頭さまより、市中警固を仰《おお》せつかったがやるべきかと問われ、すぐにすべしと答えました次第」

「有難い口添え、礼を申す」

　大名にありながら、直弼は目下の者に頭を下げる男だった。

　なればと、井伊家に御家騒動があるのかを訊いてやろうとした修理之亮が口を開く前に、掃部頭は身を乗り出してきた。

「今、堀田備中どのはハリスと交渉をしておる。大君の、帝のと、ことばを弄《ろう》しつつであろうが、京《みやこ》の朝廷は攘夷一辺倒で通商を認めはせぬはず」

「されど、備中さまは参内し、根回しをされるようでございます」

「京の公家百家を、籠絡《ろうらく》できるとは思えぬが」

「銭《かね》を、ばら撒く算段に出ると聞きました」

「どこに左様な銭がある。幕府御金蔵は、空《から》も同然」

「例の加太屋が申すところでは、札差らに五千両の借銭《しゃくせん》をねがい出たと――」

「備中どのが、まことか」

直弼は顔をしかめた。という以上に、困惑を見せた。

「ご老中、それも筆頭職にあるお方が京へ上るとなりますなら、路銀《ろぎん》も多く必要となりましょう。関白さまらをはじめ帝に口を添えられる公卿方《くぎょうかた》への袖《そで》の下を含め、七千両を携えて上洛なさるようでございます」

「七千が一万、あるいは三千で済んだとしても、幕府最高位の者が賄賂《まいない》に走るとは……」

あってはならない名折れであると、直弼は天井を見上げた。

清廉潔白《せいれんけっぱく》を任ずる男には、赦《ゆる》しがたい愚挙だと言いたいのだ。であるなら、前藩主の隠し子一件はどうかと、修理之亮は言い募ることにした。

「掃部頭さまへ申し上げます。彦根藩先代ご藩主に、娘御がいるとの話を洩《も》れうかがいました」

「――。修理之亮、その話を誰より耳に致してか」

口調に凄みが加わってきた。

「その名を申しては、武士の名が廃《すた》ります」

「申せっ。口を割らぬなら、斬る」

「結構なる仰せ、阿部修理之亮に怖れるものなし。お斬りあそばせ」

思わず女御《にょうご》ことばが口を突いてしまったが、罰せられる身に臆するところはなかった。

激していた直弼が、あそばせことばにひと息ついた。

「そなたには、勝てぬ。よかろう、余も腹を割ってみせるほかあるまい。先代直亮公は長兄でな、側室にも子ができなんだ。それで末弟であった余が、後継した。その折に、家中騒動は起きなんだ」

三十五万石の譜代であれば、藩士の数は相当数になる。反撥《はんぱつ》する者も、五人や十人ではなかろう。それが今年の夏ころ、おこうという奥女中が先代の直亮の子だとの噂が出てきたという。

「一派が生まれましたか」

「自慢ではないが、赤備えの井伊は一枚岩である。国表の城代家老も、江戸家老も肝胆相照《かんたんあいて》らす仲にして、余を支えておる」

「おことばではありますが、その城代家老さまが、おこうと申す奥女中を匿《かくま》っていると聞いております」

「城代家老は、近江の国表にいる。その配下にある家臣とて、上府することなど考えられぬが……。修理之亮に問う。城代家老ではなく、城代用人の聞きちがいではないか」

「家老にあらぬ用人が、城代に」

「今ほど出会いし長野主膳《しゅぜん》なる者が、用人として彦根と往復しておる。正しくは、京都だが」

隙《すき》のない立居ふるまい、冷徹そうな目つき、一つとして穴を見せない白鼠《しろねずみ》を見せる男が、直弼の片腕だという。

あの用人なら、どこにあっても学者に思われるばかりか、高貴な邸《やしき》でも寺社、役所に至るまで出入りを怪しまれまい。

直弼にとって、これ以上の密偵はいないのだ。

「その用人どのが、おこうと申す奥女中を外に出すまいとする理由《わけ》は」

「先代の実子であるかないか、もう確かめようもない。手渡したという脇差や書付《かきつけ》が本物であってもだ。答は一つ。おこうと申す女の相手が誰であろうと、子を宿すことだけは避けねばならぬ」

「――――」

おこうに子ができることで、騒動の種が生じるのはまちがいなかった。修理之亮は黙ってうなずいた。

同時に、しまの身に子が宿っているとしたらと青くなった。身ふたつのまま斬り刻まれるのは、女にとってどれほど辛《つら》いことだろう。しま、おこう。ともに子を宿していないことを、祈りたくなった。

吉三郎も修理之亮も、もう二度と女の顔を見ることさえできないのだ。長野主膳のしたことに不手際はないが、それを火消に伝えるのは辛すぎた。

――いや。おれとて、もう城を出ることは叶わぬ……。

「そなたに当家奥女中の話を致したのは、女を相手にした男であろう。この掃部とて心苦しいが、これも武家の因習《ならい》。噛んで含めて、伝えてほしい」

直弼はまたもや頭を下げた。

広敷の用部屋に戻ると、葛根湯《かっこんとう》が湯呑とともに置かれてあった。

「お戻りでしたか」

祥之進が入ってきた。その目が呆《あき》れている。

「なにかあったのか」

「ハリスどのの謁見は型どおり済みましたものの、水戸のご老侯さま方が上様の継嗣《あとつぎ》に口を出して参ったそうです。そのことのほうが、騒ぎとなっておりました」

「世子《せいし》を御三家方が推挙するのは正しいが、まるで上様の先行きが危ういと考えているようだということか」

「それもありますが、推輓《すいばん》されたお方はなんと一橋《ひとつばし》家の慶喜《よしのぶ》さま。ご老侯の実子です。異人の登城が済んだばかりの堀田備中さまが戻るとすぐ、越前の松平さまや薩摩《さつま》の島津さまらを伴って具申したとか。おどろきますよ」

将軍家定はいまだ三十五歳、病弱とはされつつも危篤《きとく》とは聞いていなかった。とするなら、明らかな越権行為である。

話を持ちかけられてもいないのに、数を頼んでの言上《ごんじょう》となれば由々《ゆゆ》しきことなのだ。おそらく堀田備中守は、目を白黒させたろう。

噂では、一橋家を継いだ慶喜は若い頃から英明な者と言われていた。

よくある話だが、嫡男に出来のよい者は少ないという。押し並《な》べてであろうが、武家の決まりごとの第一は、嫡男による継嗣となっていた。

兄弟が英明さを競っては、御家騒動の火種となる。それゆえの決めごとが、これだった。

修理之亮の実家を例にとれば、病弱で早逝《そうせい》した長兄が毒見役となっていたなら三日ともたずに倒れ「すわ一大事、上様の御膳に毒が」となっていただろう。井伊直弼が長いあいだ不遇を託《かこ》っていたのも、出来のわるさからではなく、生まれたのが遅かったゆえである。

なんであれ、当然ながら空《うつ》け者が当主になることも少なくなかった。そのために切れ者の用人を配して、家を守るのだ。

稀《まれ》に廃絶になる家は、あまりの空け当主か、周りを囲む家臣が愚かな場合だった。

その空け者が、修理之亮である。大奥の女を、それも城中で手を付けた大馬鹿野郎が、ここにいた。

「修理さま、いかがなされましたか。心ここにあらずと見ますが」

「祥之進。広敷での大奥との折衝《せっしょう》ごと、いつもどおりか」

「さすがに今日ばかりは、奥女中方ひとりも広敷にあらわれません。まちがいなく異国との話が進めば、出銭を減らされるのは大奥だと考えているはず」

手拭一本の注文にも気を遣っているようだと、祥之進はわずかに舌を出した。

「おまえは、大奥の放蕩《ほうとう》が好かぬか」

「美しいこと、贅《ぜい》を尽くすこと、どちらも好きではありります。しかれど、われら御家人の多くは俸禄が遅れたり減らされたりも致しますので」

「どうしても銭のことになるのは、仕方あるまい」

「仕方ないなどと、いつもの御広敷役さまらしくございませんね。溜間で、いじめられましたか」

「いじめ、嫌なことばだな」

「銅塀《あかがねべい》の向こうでは、日常茶飯事にあるものとされております。男の褌《ふんどし》を締めた姿で裸踊りをさせたり、張形《はりがた》なる道具を口に咥《くわ》えさせることもあると聞きます」

修理之亮と媾合《こうごう》に及んだ奥女中しまは、どんな目に遭っているのだろう。考えるだに、表情が曇った。そこへ声が立ってきた。

「阿部さまへ申し上げます。御年寄瀧山さま間もなくお越しとのこと、中之間へとのお呼び出しにございます」

「来た……」

つぶやくと、奥歯をかみしめた。

「瀧山さまは上様を差し置いて言上した水戸さまに、お怒りなのでしょうね」

「どうであろう」

言うと立ち上がった。膝がふるえていないばかりか、ひと足ずつの歩みは死地へ赴《おもむ》く兵《つわもの》ぶりとなっていた。

中之間の襖は開き、すでに瀧山が座していたことにおどろかされた。供の者ひとり付けず、瀧山は細い女物の長煙管《ながぎせる》を手に顔を向けてきた。

修理之亮は敷居ごしに両手をつき、深い一礼をして瀧山のことばを待った。

「…………」

ひと言もない。

コン。

ことばの代わりに、煙管が灰落《はいおと》しの縁《ふち》を叩いた。

無言の威圧は底知れぬ恐怖をもたらせ、次に出ることばは——

「しまは冥府《めいふ》へ赴いた。そなたも覚悟しやれ」

それ以外に考えられなかった。

「面《おもて》を上げなされ。そして唐紙《からかみ》を閉めて、近《ちこ》う」

抑揚《よくよう》のない物言いが、修理之亮をどん底に突き落としてきた。

手にした剃刀《かみそり》で喉を掻き切ろうというのか、血まみれとなってのた打ち回る旗本を嘲笑《あざわら》うにちがいない。大奥ならではの仕打ちに、残忍さをおぼえた。あれほど死を厭《いと》うものかと覚悟を決めたのに、このていたらくである。ことばも返せないでいた。

煙草《たばこ》の烟《けむり》が漂った。

「修理。これを吸いやれ」

顔を上げると、眼の前に長煙管が差し出されていた。なんのことか分からず、首を傾げた。

「そなたが通い馴れた廓《くるわ》の、仕来《しきた》りであろう。吸付け煙草は」

「………………」

なにを言いだすのかと、わけが分からなくなった。

「老いた女なんぞが口にしたものなど、触れるのも穢《けが》らわしいと拒むか」

「いいえ。有難く頂戴いたしまする」

両手で押し戴いた長煙管を、舐《ねぶ》るように咥えた。

「どうじゃ、苦いであろう。遣手《やりて》の婆《ばば》なんぞの吸うたものより、柳営の花魁の口吸いは天にも昇る心地であったろうな」

「阿部修理之亮、いかなる処罰をも受ける覚悟なれば、なにとぞお揶揄《からか》いなくご下命をねがいます」

「しまは、吐いたぞ。そなたを愛《いと》おしいと、身を捩《よじ》りおった」

「――。して、しまどのは」

「どう致すべきかな、御広敷役どの」

「わたくしめと重ねて、四つに斬っていただきとうございます」

「ふふっ」

「可笑《おか》しいとお笑いなされましょうか」

「幼いと申すのか、愚かなのか。呆れて物も言えぬ」

「…………」

煙管を叩いた瀧山は、ことばつきを変えてきた。

「女郎が足抜けをしたい、客は身請《みう》けしたいが銭を持たぬ。詰まるところ、心中となる。そこへ手を貸す者があらわれ、銭を出してやろうと申し出た。そなたは、受けるか」

「ふたつ返事で、縋《すが》ります」

「当然のことながら、担保《かた》になるものを求めるが、よいか」

「身請けが叶うのでしたら、首でもなんでも差し出す所存です」

「その覚悟なれば、話は決まった。修理、そなたは本日より、わらわの影の用人となれ。しまは永《なが》の宿下《やどさが》りと致すゆえ、そなたの邸《やしき》に引き取るがよい」

「えっ。ま、まことのことにございますかっ」

「今一度申す。阿部修理之亮は、わらわの奴婢《ぬひ》なるぞ」

瀧山は音もなく立ち上がり、出て行った。

夢は棚ぼたのように叶ったものの、老中配下の御台様広敷役は、大奥御年寄の下僕に成りさがってしまうのだ。

肉欲に絡め取られて不義を働くだろうと、瀧山は表使の奥女中を使って深慮遠謀《しんりよえんぼう》の企《くわだ》てをしたのだろうか……。

分からないどころか、底知れぬ戦慄《おのの》きをおぼえた。しかし、天女のごとき妻女が手に入っていた。

人間五十年、修理之亮はその半ばとなった。考えようでは、色に堕ちて身を売ったことになる。

喜ぶべきか、嘆くべきか。それさえ分からないまま、口の中に残った苦味を確かめていた。

ふらふらと立ったものの足が定まらず、柱に手をついてしまった。驚天動地《きょうてんどうち》の一日だったのである。

城中はあまりに静かだった。ハリスとの交渉が一致を見るはずもなく、幕府は引き延ばしだけを考えているだろう。

そのハリスが蕃書調所に戻って、いい顔をしているわけはない。調所の役人たちの困惑が、手に取れるようでもあった。

老中首座の堀田備中守は疲れた身に、将軍継嗣の具中に目を剝《む》いたものの、京へ上れば条約も征夷大将軍の勅許も手に入るはずと、高《たか》を括《くく》っているかもしれない。

聞くところでは、諸藩のあちらこちらで百姓一揆が増えてきたという。ひしひしと虎狼痢《コロリ》なる疫病が西から江戸に向かっていると聞いた大名らの中には、祈禱に縋る者まであらわれていた。

あらゆることが、目に見えるほど変わりつつあった。

「放っておけば、風紀が乱れるではないか」

「なぁに、盤石なる幕府ぞ。すぐに戻る」

こう言って憚《はばか》らない者は努力をせず、知恵のひとつも働かせずに、先祖の残したものでのうのうと暮らしているだけだった。

「おれは違う」

修理之亮は口に出した。出すことでしか、自分を保てなかった。

そして息を吐ききり、力いっぱい吸い込んだ。

時計之間から、八ツ刻を知らせる鐘の音が聞こえた。

「昼餉《ひるげ》を食い損なっている。まず飯だ。腹が減っては戦《いく》さもできぬ」

この先に待つのは、まちがいなく戦さだろうと、修理之亮は袴《はかま》の脇から手を入れて、下帯を締め直した。

四之章　天下びと

一

　御《お》広敷役《ひろしきやく》の阿部修理之亮《しゅりのすけ》が手にしたとてつもない幸運は、諸国騒擾《そうじょう》の中で舞い降りていた。

　ハリスの登城で上を下への喧噪《けんそう》を見る幕府、諸色高騰《しょしきこうとう》で江戸町人は腹を空かし、百姓に至っては限界を超えて一揆の徒党を組んでいるのだ。

　そうしたときに、祝言《しゅうげん》を華々しく挙げるわけにはいかなかった。というより、公方《くぼう》さまのお下がりを頂戴したと知られることは、幕臣のあいだでも、市中の町人にも、よからぬ噂をされる気づかいがあったからである。

「上様お毒見役《どくみやく》ごときが手付かずの美女を手にしたとは、われら幕臣として赦《ゆる》せん。とんでもない仕掛けを企《たくら》んだにちがいない」

「美人絵も敵《かな》わねえ奥方でよ、おれは思わず拝んじまった。番町の旗本邸《やしき》に、生きた弁財天の祠《ほこら》ができたってとこだぜ」

ありもしない話が噂になると、江戸中が沸《わ》き立つ。瓦版が書き、浮世絵師が筆を執《と》り、邸の周りをうろつく者が増えれば、塀に穴が開きかねない。

地味な、世間を憚《はばか》るほど慎ましやかな祝言となったが、祝いの品々は目を瞠《みは》るほど豪華なものばかりだった。

灘《なだ》の下り酒、大鯛、餅三升、米一斗などに、珊瑚《さんご》、鼈甲《べっこう》の髪飾り、呉服反物《たんもの》は数知れず、夜具一式が加わると、置きどころにも窮して物があふれ返った。

ただし列席したのは、修理之亮の両親と下男下女の三名のみで、小姓役の祥之《しょうの》進《しん》もいない。妻女しまの親戚には伝えもせず、大奥からも人は送られて来なかった。

修理之亮はいずれ分かることと気にすることなく、ひたすら弁財天の降嫁に舞い上がっていただけである。

背後に立てられた金屏風《きんびょうぶ》が、燭台《しょくだい》の灯りをさらに明るませ、純白の綿帽子を際立たせていた。

『高砂《たかさご》』の謡《うたい》もないまま、三々九度の盃《さかずき》ごとをして終わり。両親も手もち無沙汰で、畏《かしこ》まっているだけだった。

咳《しわぶき》ひとつ出ない中、四半刻《しはんとき》が過ぎた。

「師走でもございますし、風邪を召すのもなんですから、ここでお開きとしては如何《いかが》でしょう」

六助《ろくすけ》がおそるおそる言うと、両親を先頭に奉公人たちが席を立った。

二百二十石であったときのままの邸とはいえ、町なかの商家よりずっと広い上に部屋数も八つある。が、千二百石となった今も、雨漏りのする部屋が六つもあるのだ。

世間を憚って修繕をしなかったのは、屋根職人や大工左官が入れば隣近所の邸がなにごとかと騒ぐ今となっていたからにほかならない。

「お毒見で、手柄でも立てたのではないか」

「爪に火を点《とも》すような家でしたゆえ、それなりに貯まったのでしょうね」

「あり得ぬな。吝嗇《りんしょく》な者は、死ぬまで舌を出すことも嫌うもの。おそらくは、良からぬことに手を染めて……」

不景気とは、職人がもっとも酷《ひど》い目を見るものだった。

銭《かね》がなくても食べる物は不可欠、武家である限り見栄もあり衣服は調えなくてはならない。となれば家の修繕など、後回しになるのである。

となれば、職人が不況のあおりを食うものとなっていた。

新郎新婦に与えられた初夜の部屋は、北奥にある三畳の納戸《なんど》だった。

「ご隠居さま方のお部屋と、この納戸だけが雨漏りをしませんです。今夜は、こちらで」

女中ふたりが箪笥《たんす》一棹《ひとさお》を片づけたものの、夜具一組を敷き詰めたあとは、畳の縁《ふち》まで隠れた。

が、修理之亮にはこれほど嬉しい寝床はなかった。

雪の降りそうな晩、火鉢《ひばち》さえ置けない。その代わり、しっかりと温め合えるのである。

大名のように二十畳もある部屋に、火鉢を幾つも並べ、襖《ふすま》一枚隔てたところには警固《けいご》の番士、もう一方には奥方付きの老女。

カタッと音をさせれば、なにごとかと襖が開く。そうでなくとも、聞き耳を立てられての媾合《こうごう》など嬉しいわけもない。

狭い納戸こそ、ふたりには完璧な砦《とりで》となっていた。

残った箪笥二棹が音を吸ってくれ、激しすぎる新郎の攻めに新婦は逃げることもままならない二畳の広さだった。

――檻《おり》は広くないほうが、獲物を弄《もてあそ》べる……。

「しばらくは、ここを寝所《しんじょ》とするほかあるまい。しま、我慢してくれ」

「お殿さまの仰《おお》せに、従います」

膝をついた新婦の頰が、わずかに染まって見えた。

涎《よだれ》を垂らすのは、獣《けもの》だけではないと気づいた。修理之亮の口中に、唾があふれてきたのである。

瀧山《たきやま》に奴婢《ぬひ》になれと言い渡されて四十日、修理之亮が待ちに待った日が今日だった。


奥向《おくむき》からなんの音沙汰もないまま、広敷に詰めていた。

「勝手方出納帳《すいとうちょう》へ、捺印《なついん》をねがいます」

大奥が出入り商から買い求めた品々の承認をするだけの毎日は、日を追うごとに上《うわ》の空となった。

「阿部さま、印を捺《お》すところがちがいます」

「一枚に三ヶ所もとなりますと、書き改めねば……」

あの修理之亮がと広敷内では噂となっていたが、むろん一人として大奥の女と出来たことから、妻女に迎えたとの話は耳にしてはいないのだ。

唯一、祥之進が知る立場にあったが、果たして気づいているかどうか訊《たず》ねることもできなかったのは、照れである。

心ここにあらずの修理之亮だったが、日々刻々と移ってゆく幕府のありようは耳に入ってきた。

下田からハリスが江戸へ向かう途中、天城峠《あまぎとうげ》から東海道へ出たのだが、箱根の関所での検問を頑《かたく》なに拒まれたものの、なにもできないまま通してしまったこと。

将軍は謁見《えっけん》の際、居あわせた誰もが聞けるほど明瞭な声で挨拶したことは「そうせい様」と陰口を叩かれていた家定《いえさだ》の面目躍如《めんもくやくじょ》になったこと。

これだけは、上様を抱きかかえた修理之亮を大いに満足させた。

が、ハリスが提案した条約の幾つかは、分からないことがあった。

第一に、両国の庶民同士が交易をするというのだ。幕府の決まりでは、武士は商売を統制しても取引きに携わらないものとされている。これでは、勝手にしてよいとなってしまう。

「鉄砲や大砲《おおづつ》までも、売買されるのではないか。長崎出島《でじま》のように会所を設け、幕府監視の下ですべきであろう」

　二つ目は、異人が悪さをしても咎《とが》められないというものである。

　修理之亮が下田で聞いた話に、通詞《つうじ》ヒュースケンが妾《めかけ》を求めたというのがあった。それを悪い事とは言わないが、強引であれば咎められるべきなのだ。

　なんであれ、広敷にある修理之亮には関わりようのないものばかりだった。

　溜間詰《たまりのまづめ》の井伊掃部頭直弼《かもんのかみなおすけ》から、一度だけ内緒話のように伝えられた話がある。

「堀田備中《びっちゅう》どのの公家たちへの手入れ、成功を見ないであろう」

「七千両では足りませんか」

「いや、主膳《しゅぜん》が伝えて参ったところによると、帝《みかど》の叡慮《えいりょ》は攘夷《じょうい》一辺倒。公家どもがいかなる手を用いたところで、勅許は下りぬと」

　主膳とは直弼の用人で、長野主膳。手入れとは、根回しをいう。つまり老中首座の参内は、無駄に終わるという話だった。

　修理之亮は、ことばを返した。

「なれば備中守さまへ、その旨《むね》を」

「無役の者が口を挟むことなど、とても……」

　自信たっぷりの言いようが、不思議でならなかった。

そしてもう一つ、この四十日余で度々耳にした話は、三百ちかい諸藩の様変わりである。

どの藩も、内紛を見ているようだった。次の藩主を巡る御家騒動も含め、百姓一揆が起きても以前のように制圧に掛からなくなっているように思えてきた。

嫡男のみの継嗣《あとつぎ》より、英俊な藩主を求めることで藩は二分される。一揆も致仕方《いたしかた》なしと、百姓の側に立つ藩士が出てくれば、これも分裂を見るのだ。

修理之亮には気づいたことがあった。諸藩へ広く意見を求めたことである。はじめたのは阿部伊勢守正弘で、ペルリがあらわれたときだった。様々な意見が具申されたが、伊勢守は一つも採用していないではないか。

取るに足らないものばかりだったわけでもなければ、多数をたのんでの決定をしたのでもなかった。

伊勢守は、当初からペルリへの対応を決めていたにちがいない。烏合《うごう》の衆《しゅう》にも意見をとは、かたちでしかなかったのだ。

「天下びととは、そうでなくてはならぬ」

小声ながら口にしたことばに、修理之亮自身がおどろいた。

二百五十年余つづく徳川幕府は、要所に天下びとがいたではないか。

家康以来、家光、柳沢吉保《よしやす》、吉宗、田沼意次《おきつぐ》、松平定信《さだのぶ》、水野忠邦《ただくに》、そして阿部正弘《まさひろ》。

おこなったことの良し悪しは別として、舵取りをする力は図抜けていたと言えよう。

ところが堀田備中守正睦《まさよし》は、その座にあるにもかかわらず京へ出向いて、勅許を得ようという。

阿部伊勢守正弘は、それを求めずに和親条約を結んだ。これに気づいた昨日、修理之亮に降嫁《こうか》の朗報がもたらされたのだった。

引き寄せた身体《からだ》は、大輪の牡丹《ぼたん》を捥《も》ぐように落ちてきた。

「寒かろう」

修理之亮のひと言に、しまは縋《すが》りついて顔を伏せた。

絹の夜具がひんやりと、火照《ほて》った身体に心地よかった。

広敷での密《みそ》か事《ごと》とちがい、なんら人目も遠慮もない中でも、することは同じだ。

あるかないかの明るさは行灯《あんどん》のもので、上等な油はチリリとも音を立ててもこない。あまりの静けさは、雪になったかと思わせた。

新妻を裸に剝《む》いてしまいたいところだが、初夜から風邪を引かせてはと、襦袢《じゅばん》の下半分だけたくしあげた。

「あ」

恥ずかしいでも、止《や》めてくださいでも、いきなり早すぎますでもない「あ」は、初めて聞いた音だった。

夜具の中にもぐり込むと、修理之亮は妻《さい》となった女の腰から下を、盲《めしい》ほどの唇と舌で舐めまわした。

必死にもがく吸いつくほどの肌や脚が、雄《おす》の自覚を強くさせてくる。が、雌《めす》は奔放《ほんぽう》になろうとはしなかった。

無垢《むく》なままの武家女であることから外れず、好色ではありませぬと身体は言いつづけていた。

――なれば好色に、なってもらおう。

修理之亮は妻の両脚を抱え、その奥に顔を押しあてた。

「ひっ」

夜具がハラリとまくれ上がると、わずかな灯《あか》りの中で真白な肌が鮮やかに飛び込んできた。

下帯さえ付けていない雄が攻めに入ったのは、言うまでもなかった……。

新郎が妻の内股に小さな黒子《ほくろ》があると気づいたのは、夜が白々と明けてからのこと。もちろん、しま自身も知らない黒子だった。


年が明け安政五年となった。が、祝いごとは自粛された。

老中首座の堀田備中守は、もう京都に着いているはずだった。公家への根回し、その状況などは知るよしもない。

それとは別に、城中へは将軍世子《せいし》の推挙をはじめるお歴々が後をたたなかった。

水戸の老侯斉昭《なりあき》を筆頭に、尾張の徳川や福井藩主、これに外様の島津までが加わって、一橋慶喜《ひとつばしよしのぶ》をというのである。

肝心の将軍家定は、病の床《とこ》に臥《ふせ》っていた。誰もいないまま、西ノ丸御殿は世子を待っていた。

大奥の瀧山《たきやま》から呼び出されたのは、今年になって初めてだった。

いつも間近に見る瀧山の顔から、吉凶の判断はつきかねた。

「正月の挨拶も致さず、汗顔《かんがん》の至りにございます」

「汗なれば、夜ごと掻いておろう。それとも昼夜を問わずか」

「なんとも意地のお悪い」

「年改まりて、まっとうに戻ったか修理。年の瀬までは、大奥出納帳に書き損じばかり。さほどに、わらわを信じられなかったと見る」

「小心者ゆえの、不手際をお赦《ゆる》しねがいます」

「さて。呼びつけしは、ほかでもない。上様ご世子の一件である」

「――――」

次代将軍のこととなれば、大奥にとっては重大事となる。御広敷役として、それ相応の働きをしなくてはならないが、修理之亮は瀧山の奴婢なのだ。

つまり命じられるまま、幕府お歴々に伝えなければならないのである。

自分の考えを差し挟むことなく、奥向はこうあるべきと思いましたと伝えるしかなかった。ちがうことを言えば、夫婦揃って断罪が待っていた。

修理之亮は斬首、しまは遠島。まちがっても、二人が重ねられて処断されることはない。

「いかがした、修理。わらわの使いを、せぬと申すか」

「瀧山さまのご下命なれば、なんなりと」

「うむ。水戸さまの横やりが、江戸城柳営を一枚岩にした」

「と申しますと」

「水戸嫌いが一つになり、一橋慶喜を迎えること許すまじとなった」

「…………」

かなり前から水戸斉昭は大奥を無用の長物であり、上様へよからぬ知恵を授けていると、縮小を叫んでいた。

一理はあるのだが、あまりに過激な言いようは、大奥を悪の巣窟《そうくつ》と決めつけるものとなって、大奥から顰蹙《ひんしゆく》を買っていたのである。

「老侯は、女《お》なごを人と思うてはおらぬのです。これでは老公の水戸徳川奥向が、いかほど悲惨であるか見ずとも分かろうというもの」

「確《しか》り」

「その上での頼みは、上様の世子を紀州徳川の慶福《よしとみ》さまになるよう働いてもらいたい」

「――――」

閑職であったはずの御広敷役が俄然《がぜん》、重すぎる役を帯びてきた。

――このおれに、なにが出来よう。

偽《いつわ》らざる本心である。

英明さをもって次代を決めるのではないのであれば、血筋でゆくなら紀州の慶福は家定の従弟《いとこ》にあたり、世子となるのは順当とされていた。

将軍の齢《よわい》十三に不足はない。が、前途多難を見せつつある幕府には不安があるかもしれなかった。

とはいうものの、一橋慶喜が将軍になれば水戸の斉昭が口を出してくるのは明らかなのだ。

「立ち働いてくれましょうな、修理之亮」

「わたくしとて、水戸ご老侯を快《こころよ》くは思っておりませんが、なにが出来るものやら……」

「全身全霊を傾け、知恵を出すがよい。頼みおきまする」

逆らうことの敵《かな》わない奴婢は、両手をついて見送るしかなかった。

修理之亮を引き上げた阿部伊勢守《いせのかみ》はもう亡く、新門辰五郎《しんもんたつごろう》や加太屋誠兵衛《かぶとやせいべえ》に口が出せる話ではないのだ。

「あっ、水戸嫌いの掃部頭さまか」

思い立って中之間を出た。

二

この日、井伊直弼は非番で上屋敷にいるとのことだった。

使者を送ったつもりのない修理之亮だったが、気をまわした者が桜田門に近い井伊家に使いを出し、御広敷役が来たと伝えたのである。

井伊家の家臣が、下城する修理之亮を迎えた。

年の瀬から旗本として乗物を使っていた修理之亮は、その侍のあとを駕籠《かご》に従うよう命じた。

屋敷へ入ったのは裏門からで、それとない緊張をおぼえた。

直弼は用人の長野主膳とともに、茶室にいた。四畳半の小間《こま》で、修理之亮は客としてすわった。

もとより毒見役の旗本であったことから、茶湯《ちゃのゆ》の心得はある。

一方の直弼は、大名茶人として名を馳《は》せていた。主膳も含め、三名による茶湯に滞《とどこお》りはなかった。

しばし無言の所作がつづいたあと、亭主役の直弼がつぶやいた。

「なんぞ、面白き話でも」

「御城の奥向が一つにまとまりました」

「——。上様お成りあそばされてか」

「いいえ。水戸さまが憎いゆえのことで一つに」

二服目を点《た》てていた直弼の手が止まり、修理之亮を見込んだ。

「十四代さま継嗣のことでありますかな」

言い当てたのは、主膳だった。

一座をする各々《おのおの》が、揺れた。幕府の今後を左右する話が、大名家上屋敷の茶室ではじまったのである。

口を開いた主膳は、理路整然とした口調で水戸の非を説いた。

「天下の治平《ちへい》、徳川家ご威徳《いとく》にあり。しかれど、将軍の賢愚によるものではないと思います。血の近いお方を差し置き、あたかも人材を登用するがごとき流儀は、下剋上をもたらす弊害と申し上げます」

「うむ。一橋慶喜どのの血は、東照権現公《とうしょうごんげんこう》にまで遡《さかのぼ》らねばならぬほど遠い。われら譜代が養子を迎えるのと、同じであってはなるまい。御広敷役どの、よう報《しら》せてくれた」

直弼は片手をついて、またもや頭を下げ、江戸城大奥を味方につければ、百人力とでも言いそうな不敵な眼にもなった。

瀧山の私《わたくし》用人としての修理之亮は、それなりの働きをしたとも思えなくもない。しかし、当代の家定公は、これをどう見るか。

世子《せいし》を巡る争いは望まないだろうが、水面下の闘いが歴然とし、血腥《ちなまぐさ》さを見せるとすれば、将軍は怒りにふるえるのではないか。

将軍の気持ち台慮《たいりよ》を、自分の耳で聞いてみたかった。

しばし目を閉じた主膳が、口を開いた。

「筆頭にある堀田備中は、京で行き詰まっておるはず。それなれば、いっそ——」

「主膳。逸《はや》っては、ならぬ。横車を押したとなり、評判を落とすことになれば敵の思う壺だ」

いっそ、なにをしようというのか。ふたりの話が、御広敷役でしかない身には見えなかった。

静粛がつづく中で、二服目を頂戴している修理之亮に、直弼が独り言のようにつぶやいた。

「上様が大奥へ、お成りになりさえすれば……」

すかさず主膳が横にいる修理之亮をふり返り、小声ながら確《しっか》りしたことばを放った。

「御広敷役どのは、上様を御鈴《おすず》廊下にて抱えられたほど。そして瀧山さまとは、懇意。いかがであろう、おふたりを御鈴廊下にて対面の手はずをととのえてはくださらぬか」

「長野どのが仰言《おつしや》られることの、真意を測りかねます」

「なに、分かりやすき話にござる。老中首座を御《ぎよ》せるのは、大老にほかならず。その大老職を授けられるのは、上様でありませぬか……」

「――」

一瞬にして、修理之亮は理解した。

直弼が大老に就いたなら、将軍世子は紀州の慶福で決まり、条約問題も混迷することなく鶴の一声で決まってしまうのだ。

いっそと言った主膳は、直弼へ大老に名乗り出てはと提案したのである。

将軍が井伊掃部頭を大老にと言えば、誰も反対はできない。が、そのように修理之亮が橋渡しすることなど、容易であるわけがなかった。

とはいうものの、今の時点で直弼と瀧山の考えは一致していた。将軍家定も、自身のいないところで世子を決められることが、嬉しいはずあるまい。

難しいのは、家定が果たして御鈴廊下へお成りあそばされるかどうかという、身体《からだ》の具合だけなのだ。

根回しなど、意味はなかった。修理之亮ひとりで、そうなるべく働かなければならないのである。

飲み干した一碗が、あまりに苦かった。


桜が芽吹く城中にもかかわらず、どこもかしこも重苦しさに覆われていた。

堀田備中守が憔悴《しょうすい》の態《てい》で京都から戻ったところへ、水戸の斉昭らが一橋慶喜こそ世子に相応しいと盛んに働き掛けてくる一方で、ハリスが一日も早い条約締結をと矢の催促である。

さしもの堀田正睦も、いずれ倒れるのではと思われたほどだった。

この百日ばかりの修理之亮もまた、八方ふさがりに立往生のありさまとなっていた。

直参《じきさん》旗本とはいえ、将軍にお目見得《めみえ》したいと言える立場にあるはずもない。また瀧山にしても、上様お成りをと懇願できる力はなかった。

御典医に家定の病状を訊《たず》ねると、甚《はなは》だ芳《かんば》しからずゆえ奥向へ行くことなど考えられぬとの返答をされたという。

光陰矢《こういんや》の如《ごと》しで、なにもできないまま老中首座の備中守が帰還し、幕府評定所《ひょうじょうしょ》では連日ああだこうだの小田原評定となっていた。

そんなある晩、夫に元気がないのを感じ取った妻女しまに、問い詰められた。

「お勤めに、女が口を出すものではございません。しかし、公私は別と申します。わたくしがいけないのなら謝りも致しますが、そうでないと仰言るのなら、邸内《やしきうち》では機嫌ようねがいます」

「……。そうであった。そなたに非は、ない。おれの力なさが、済まぬことをしておるようだ」

修理之亮は謝ると、法外な役目に四苦八苦をしていることを嘆いてしまった。

「法外な、お役目とは」

「上様にねがい出たいこと、と申しても誰にもできぬ話なので……」

あらましを語った修理之亮は、淋しく笑って妻を抱いた。

「駄目を承知でと仰言るなら、わたくしにも手伝わせてくださいませ」

「そなたが」

「はい。下手な鉄砲も、数を撃てばと申します。御城へ初めて上がった日、わたくしは上様に……」

名指されたというのである。

「聞いておらぬ。上様は一度も大奥へ出向かなかったと、みな申しておるが」

「褥《しとね》にお入りにならなかったので、そう言われているのです。後にも前《さき》にも、その晩だけでした。もちろん、わたくしの肌には指ひとつ、お触れにもなりませんでした……」

しまの話はつづいた。

「柳営《りゅうえい》で一番のお中臈《ちゅうろう》とされているのは、今も富美緒《ふみお》さまです。見目麗《みめうるわ》しく才色兼備、御台所《みだいどころ》さままでが認めておられます」

「一度だけだが、おれも見た。龍宮城の乙姫《おとひめ》が、後光を放っていたのを」

「まぁ貴方《あなた》も」

「しかし、神々《こうごう》しすぎて、どうもなぁ」

「上様がわたくし如《ごと》きを名指されたのも、同じお心もちだった気がします」

将軍の手が付かない限り、部屋もちとなる側室扱いはされない。そんな奥女中が巡り巡って、修理之亮の手に入ったのだ。

しまは坐り直すと、駄目もとの一筆をしたためると言い、行灯《あんどん》の火を切って明るくした。

「どう致すのだ」

「わたくしを憶えていらっしゃるか分かりませんが、上様へご機嫌うかがいの文《ふみ》を差し上げてみとうございます。貴方はそれを、上様付きの大岡《おおおか》さまへお手渡しねがいます……」

老中であれ御広敷役であれ、侍からの音信など見向きもしないのが将軍だが、顔に憶えのある女ならもしやと言うのだった。

「どのように書くつもりだ」

「わが母とも慕《した》う瀧山が、御鈴廊下にお待ち申し上げておりますと」

「おれなら、這《は》ってでも出向く」

修理之亮が目を瞠《みは》ると、しまは笑ってくれた。


将軍家定の私用人の大岡とは、面識がある。御鈴廊下に入らされた修理之亮が、家定を抱きかかえたときだった。

その用人は、瀧山の甥《おい》と聞いていた。

翌《あく》る日、下手な鉄砲どころか巧みな撃ち手の妻女は、見事に命中させていたのである。その日の内に返事がもたらされ、今宵《こよい》お成りになるとの言質《げんち》をいただいてしまった。

「阿部どのにも来ていただきたいとの仰《おお》せである。暮五ツ、下《しも》之御錠口に」

否《いや》も応《おう》もない。ふたたび修理之亮は男子禁制の廊下に、足を踏み入れることになったのだ。

早速、奥向の使いに瀧山どのだけへと伝えると、聞いた奥女中は腰を抜かしたかと思えるほど反《そ》り返り、会釈することも忘れて戻っていった。

六ツ半の夕餉《ゆうげ》は、喉を通らなかった。もう、阿部伊勢守正弘のように庇《かば》ってはくれる者はいない。

死罪を免《まぬが》れないばかりか、仕組んでくれた新妻を残すことになるのが辛かった。

「しまなれば、新たに亭主の名乗りを上げる男は幾らも出て参るな……」

この場に及んでも、俗な考えが先立ってしまう修理之亮である。

広敷の役人たちには、早々に下城するよう命じていた。が、将軍が広敷を入口とする下之御錠口に来るのであれば、二十や三十の番士が金魚の糞のごとく従ってくるのはまちがいない。

その面前で御広敷役が敷居を跨《また》げば、大騒ぎとなって捕り押えられるに決まっていた。

「乱心なるっ。縄を打て」

捕り押えられる前に将軍を御鈴廊下へ送り込み、瀧山からのひと言を直《じか》に聞いてもらわねばならないのだ。

——できるとは思えぬ。上様を抱え上げ、施錠を解いて扉が開くまでは、長かろう……。

胸の内が小波《さざなみ》のように騒いだ。

「御広敷役どのへ」

声が届いて、襖《ふすま》を開ける。

「これは、大岡さま」

将軍ご来訪の先がけとして、私用人があらわれた。

その背後に、錦の布が掛けられた長持《ながもち》が一棹《ひとさお》置かれていた。が、担いできた者の姿はなかった。

「長持、でございますか」

「いかにも。奥向へ運び入れたい能衣裳《のういしょう》で、拙者《せっしゃ》ひとりで曳《ひ》いて参った」

「曳いて、とは」

大きな長持であれば、男ふたりで担ぐものである。首を傾《かし》げると、大岡は底の部分を指し示した。

車が四つ付いているだけでなく、ご丁寧にも音がしないように厚い布が幾重にも巻きつけてあった。

修理之亮は、合点した。中に家定がいるのだ。すぐに下之御鈴廊下の解錠を命じると、車の付いた長持を御錠口へと押し出した。

音もなく重厚な扉が開き、芝居の花道を見るような廊下の左右に灯《とも》る火が眼に入ってきた。

スックと立つ瀧山の姿を認め、修理之亮は長持を押し進めた。

「上様お選びの、能衣裳にございます」

それだけ言うと、敷居に足を掛けながら平伏《へいふく》をした。まだ入っていないとの、足である。

話が通じているのか、瀧山は長持の蓋《ふた》をそっと開けた。

「…………」

ふたりの交すことばは聞こえないものの、話はできたようだった。

瀧山の目配《めくば》せで、修理之亮は長持を引き戻した。掛けたままにあった足が、痺《しび》れていた。

部屋に戻ると、長持の中から小さな声が投げられた。

「才ある妻女を得しこと、羨《うら》ましく思うぞ」

「は、はっ」

涙が止めどなくあふれてきたのは、言うまでもなかった。

三

翌々日、彦根藩主井伊掃部頭直弼に、大老職の大命が下された。

国難のときにあって、老中らの右顧左眄《うこさべん》にも惑わされることなく、大老は病身の将軍に代わって幕政を専断できる立場となった。

直弼はその日を期して御用部屋に入り浸り、辣腕《らつわん》をふるいはじめた。

はじめの着手は諸大名に登城を命じ、堀田正睦の口から帝《みかど》の叡慮《えいりょ》は異国と戦《いく》さをすることではないと断らせたのだ。

「攘夷に凝り固まっている帝とて、武備に劣れば戦さは諦めるしかあるまい……」

大半の大名はこう納得したが、御三家である尾張と水戸はアメリカとの条約調印勅《ゆる》せじと、反対意見を言い張った。

これに対し、大老直弼は将軍の世子《せいし》を紀州徳川の慶福にすると、一方的な通達をした。

寝耳に水の反対派が色を失ったのは、当然だった。反駁《はんばく》しようと出る矢先、大老は二ノ矢、三ノ矢を放った。

幕府要職にある一橋派の役人を、次々に左遷したのである。大目付、勘定奉行、京都町奉行らで、水戸の斉昭らは手足をもがれたも同然となった。

根回しどころか、寝技をも駆使しない掃部頭直弼のやり口は、あまりに強引すぎる気がした。

そう思ったところで、御広敷役の修理之亮に出る幕はない。そうした中、奴婢の主《あるじ》である瀧山は、まったく出てこなかった。

自ら学ぶことでしか、政《まつり》ごとは見えてこない。といって、広敷役人の旗本を幕府の学問所である昌平坂《しょうへいざか》には入れてくれるとは思えなかった。

考えた末の答は、加太屋誠兵衛に教えを乞《こ》うことである。

——天下一の大尽《だいじん》にして、商人である。侍とはちがった目で、政ごとを捉えているにちがいない……。

修理之亮は、善を急いだ。

加太屋は笑った。

「素人《しろうと》の、その上お役人といえば、わたくしの前におられる阿部さまよりほか、知りません」

「それだからこうして、頭を下げているのだ。罷免《ひめん》となった堀田備中さまの五千両の話まで、加太屋どのは知っていたではないか」

「ははは っ。まるでわたくしが備中さまを追い落とそうとしたかのようですな」

「でなくとも、政ごとに関わっていることであろう。誠兵衛どの、貴殿の知る諸事情を、子に諭《さと》すよう話してくれぬか。五日に一度、非番のときに通いたい」

「銭《かね》を融通してほしいと申すなら、お役に立てますものの、困りましたなぁ」

「左様に申すが、困った顔をしておらぬではないか」

笑うと、承知してくれた。

「菓子でもつまみながら、確かと思える話から致しましょう。切っ掛けとなるのは、鴉片《アヘン》です」

「あへん」

「人を骨抜きにする毒、と申せば分かりますか。英吉利《エゲレス》が唐国《からくに》を侵略するとき、用いました」

「宮廷の要人へ、一服盛るのか」

「いいえ。止められなくなる薬に近いものでして、太く長い煙管《きせる》で吸います」

「吸付け煙草《たばこ》で、男を籠絡《ろうらく》するのだな」

「修理さま、女とは離れてくださいまし」

誠兵衛は鴉片を清国《しんこく》へもたらした英吉利は、難なく侵略し、東へ東へと占領地を増やしはじめていると話をつづけた。

「これを知った幕府は、西欧列強の怖ろしさを感じ取ったわけです。といって、黒船を追い返す武備はない。これは水戸のご老侯がいくら強がったところで、勝ち目はないと思います」

諸藩の商人にまで通じる加太屋は、異国のもつ武力は尋常でないと聞いていた。

そう言いきった男に、修理之亮は凄みまでおぼえた。

「であれば、多くの者にほんとうのことを伝えるべきではないか」

「見もせぬことを信じる者は、少のうございます。京の帝が、その一例でございます」

「――――」

誰であっても、信じたくないことは信じようとしないのだ。

これだけで、修理之亮は攘夷がいかに馬鹿ばかしいかが分かってきた。しかし、それをどう伝えるかまでは考えられなかった。

「そうした話を知る者は、どこでいかなる行動を取っておるのだろう」

「大勢はおりませんでしょうが多くは下士《かし》、それも意見を取り入れてもらえず脱藩をしておるような者です」

「浪人となっては、ますます通じなくなるではないか」

「禄を食《は》んでいる藩士に、物が言えますかな修理之亮さま」

「――――」

そのとおりだった。人材登用といっても、ごく限られた学問の優秀者でしかなく、突飛な考えをもつ者ほど嫌われるものだった。

「鴉片は、戦さをもたらせました。と申すより、英吉利が仕掛けたのです。そして敗れた側の湊《みなと》は、蹂躙《じゅうりん》されました」

「同じことがされると、幕府は早々に条約を結んだわけだ……」

「ときのご老中阿部伊勢守さまは、取りも直さず鴉片の禁輸、すなわち持ち込んでくれるなの一条を入れました。ところで修理さま、その条約名をなんとされましたかな」

「日米和親条約であろう」

「はい。その中身は、わたくしなんぞが見ても、不公平でございます。交易品に税なる枷《かせ》をかけるのは、アメリカ。異人への咎《とが》めも、アメリカがおこなう」

「黒船の大砲《おおづつ》に脅されての、仕方ない約束か」

「なのですが、伊勢守さまは条約そのものに封じ手のようなものを添えました」

「どんな」

「協定条約とあったのを、和親としたのです。いく久しく親しくあれと」

「………………」

考えもしないことを、伊勢守はやってのけていたのである。まさしく瓢箪鯰《ひさごなまず》そのままで、柔よく剛を制すことをしていた。

とてもではない。政《まつり》ごとのイロハは、修理之亮にとって目を瞠《みは》ることとだらけだった。

「加太屋どの、今日はこれきりとしていただきたい。わたしには、根となるべき土台がないことに気づいた。改めて、参る」

「さように早合点《はやがてん》せず、その羊羹《ようかん》でもお召し上がりください。それに使われている砂糖、琉球《りゅうきゅう》からのものでございますぞ」

「薩摩《さつま》を経《へ》てもたらされたか」

「はい。島津さまは、それに少なからぬ税を上乗せしております」

「勝手に」

「そうでもせぬと、九州の果てからの参勤交代など、つづけられませんでしょう」

江戸から遠い外様大名の上府は、なにごとにつけ物入りとなる。その代わり、幕府の目が届きにくいため、ある時期からご法度《はっと》に手を染めるようになっていたという。

「百万石加賀藩の銭屋《ぜにや》五兵衛《ごへえ》は、ご存じでございましょう」

「異国との抜け荷が知られ、前田家によって身上《しんしょう》没収、家名断絶となった」

「と言われておりますが、前田さまは幕府に目をつけられたと知って、手を打ったまで。それまでは銭屋へ抜け荷を奨励し、藩の懐《ふところ》を肥やしていたのでございます」

誠兵衛は笑ったが、修理之亮の顔は歪《ゆが》んだ。

「功労者を、斬り捨てたと……」

「お武家さまにとって、町人など牛馬と変わりません。ついでながら、面白い話がございます。銭屋の倅《せがれ》の一人は、密かにアメリカへ渡り金鉱さがしをしておったそうです」

「密航したと――」

「無事に加賀へ帰りましたものの、処刑されております」

「…………」

修理之亮は羊羹が呑み込めなくなっていた。冷めてしまった煎茶《せんちゃ》で流し込んだが、味わえなかった。

――そういえば、井伊家上屋敷の茶室ではなんの菓子が出ていたか……。

今よりも動顚した晩であったのであれば、味どころかなにを食べたのかも分からなかった。

「どうか分かろうなどとお考えにならず、いたるところに狐《きつね》と狸《たぬき》が跋扈《ばっこ》している世の中とだけ、お含みおきねがえればよろしいかと存じます」

「牛や馬、そこに狐と狸か」

「人間界は、畜生道《ちくしょうどう》に堕ちたと申しましょうか。どうか修理さまだけは、堕ちませぬように」

言われたものの、淋しく笑うことしかできなかった。

ひとまず帰城した修理之亮だが、見えない糸が縦横に張り巡らされているかと思えるほど、城中は重苦しくなっていた。

茶坊主の立居ふるまいからして堅く、挨拶する頭の下げようが深かった。新しい天下びと掃部頭が、無言の統制をかけていたのである。

「分《ぶん》を弁《わきま》えよ」

御三家、御三卿から、末端の茶坊主に至るまで、一糸乱れぬ一枚岩となってこそ国是《こくぜ》は定まるとの、大老の所信が行き渡っていた。

以前にも増して、大奥は静かだった。贅沢品《ぜいたくひん》の購入は控えられ、瀧山も顔を見せなくなったのである。

――ということは怒りなり恨みなどが、内なる炎となって燃えさかりはじめているのだろうか……。

広敷役人としての修理之亮は、暇だった。が、今の内に身体《からだ》を休ませようとは思わず、汗をかきたくなってきた。

久しぶりに町道場へ顔を出すかと、普段着を風呂敷に包み、城を出た。

麹町《こうじまち》に修理之亮が代稽古をしていた道場がある。半蔵御門《はんぞうごもん》から目と鼻の先の町道場の弟子は、ほとんどが町人だった。

町人が武芸を習いはじめたのは、黒船が到来した頃からだと思う。その理由が、ふるっていた。

「無役の御家人や江戸詰の藩士たちが、異人が来るといって大小を研《と》ぎに出しに来やがった。そしたら刀という刀、どれも錆《さび》てたとよ」

「錆させるくれぇなら、まだいい。質屋に流しちまった侍は、竹光《たけみつ》を差していたんだぜ」

「大小どころか、鎧兜《よろいかぶと》一式の着け方が分からねえとなりゃ、頼りにはならない」

江戸百万の町人が手に手に得物《えもの》を持てば、異人も退散するとの考えからである。

その一方、まだ毒見役見習でしかなかった修理之亮にとって、町道場の代稽古は小遣い稼ぎに打ってつけだった。

「おや、修理先生じゃありませんか」

門のところで声を掛けてきたのは豆腐屋の親仁《おやじ》で、腹を空かしてばかりの修理之亮に卯花《おから》を山のように持ってきてくれた恩人の一人である。

「どうだ、上達したか」

「免許皆伝、と言いたいところですがね。ここの道場もお侍が増えまして、それがまた強《つえ》ぇんだ……」

「侍が増えたとは」

「ここだけじゃねえのですが、どこの道場も国表《くにおもて》を出てきた田舎侍が……」

豆腐屋が声をひそめると、浪人ふうの男が脇をすり抜けていった。

「浪人か」

「いけませんよ、浪人だなんて。浪士あるいは志士と申せと、怖い顔します」

加太屋が教えてくれた脱藩した者かもしれないが、市中にかなりいるのだろうか。

「その連中は、どうやって糊口《ここう》を凌《しの》いでおる」

「香《こう》こで飯もいいが、豆腐に油揚げのほうが滋養がつきまさぁね」

「飯の話ではなく、浪士たちの生計《たつき》はなんだと訊《き》いたのだ」

「ふつうなら裏長屋に住んで、傘張りと思いましょう。ところが、ほとんどの浪士さん方は大名屋敷のお長屋暮らしと聞いておどろきました」

　さすがに上屋敷ではないものの、下屋敷に出入りし、食うに困っている様子が見えないと豆腐屋は首を傾《かし》げた。

　藩が見て見ぬふりをして、養っているのかもしれない。

　――捨て駒にするのか……。

　抜け荷をさせた商人と同様、甘い汁だけ吸ったらハイ左様なら。狸の家老であれば、痛くもなかろう。

　知りたいのは、どんなことに捨て駒を使うのかだった。

　修理之亮は伊豆下田で、領事公邸を狙う攘夷浪人がいたのを思い出した。事を起こすには、騒動を作るのが手っ取り早いのだ。

「とりあえず、挨拶をしに上がるか」

　羽織《はおり》を脱ぎながら、修理之亮は道場に入ることにした。

「おどろかねえでくださいよ、浪士さん方のことばは珍紛漢紛《ちんぷんかんぷん》だ。それを笑うとね、怒ります」

　豆腐屋の声を背に玄関口に立つと、修理之亮は懐かしい門弟におどろかれた。

「これはお珍しいですな。大層なご出世と聞き、喜んでいたのです。さ、奥へ」

「いや、稽古で汗をかきに参った。着替えて道場に入りたい」

「嬉しいですな。このところ、うちの先生ひとりで疲れておるのです。是非、代稽古を」

言われるままに、急いで着替えた。


修理之亮の知っている道場とは、かなり雰囲気がちがっていた。

張りつめたなにかが、羽目板一枚ずつに染み込んでしまったのか、町道場ならではの賑やかさを閉じ込めているようだ。

和気藹々《わきあいあい》の明るさなど無用とばかり、質実剛健の重苦しさは嬉しくなかった。

一礼して道場主の加藤半九郎《はんくろう》の脇にすわると、早速に声が掛かってきた。

「お手合わせ、ねがいとうで。おまはんたい」

豆腐屋のことばどおり、笑いそうになったが意味は分かった。

「なれば、受けて立ちましょう」

竹刀《しない》を手に、修理之亮は立ち上がった。

立ってきた男のあまりの武骨ぶりに、笑うのを通り越し気の毒になってきた。

色黒で醜男《ぶおとこ》なのは生来であり、誹《そし》るものではない。しかし、髷《まげ》の結びどころが余りに低い、暑いので衿《えり》を抜いているのだが、だらしないというより妙ちくりんなのだ。

野暮なのではなく、剛健を装っているにもかかわらず安っぽかった。それがそのまま、構えにも出ていた。

それほどに隙《すき》はないのだが、汚らしく見える。ひと言でいうなら、絶対に女が寄ってこない男の典型だった。

真面目で、忠義な上に、我慢づよい。なのに、嫌われてしまう。そこに気づけないので、さらに疎《うと》まれる男だ。

剣術に限らず、稽古ごととは己《おの》れを知ることに尽きるといっていいだろう。己れを知りさえすれば、おのずとどうすべきかが見えてくる。ところが、己れを分かっていない者ほど無茶をした。この男のように――

「いやあぁっ」

声を張り上げて向かってきたのを、修理之亮は身を沈めながら竹刀を突いた。

ドサッ。

男はその場に、崩折れた。悶絶である。

代稽古をしていた修理之亮を知る町人は、いつものことと倒れた男を介抱に走る。ところが新参の弟子らしい浪人たちが、青くなった。

なにかのまちがいではないか、それとも代稽古の侍を見くびったためかと、互いに顔を向けあっていた。

「代稽古どの、拙者《せっしゃ》とも立ち合《お》うてくれんかの」

名乗りを上げた男は三十すぎの髭面《ひげづら》で、汗が臭《にお》ってきそうだったが、受けるしかなかった。

悶絶した浪人が片づけられると、道場に緊張が走りはじめた。

髭面が、竹刀ではなく木剣《ぼっけん》を手にしたからである。

が、修理之亮は竹刀のまま、正眼に構えながらゆっくりと立った。

「いざ」

「なして、木剣を取らんばい」

「道場にての人死《ひとじに》は、いけません」

「おまはんが、死ぬじゃろ」

言うが早いか、髭面は木剣を振り上げながら、修理之亮の竹刀を叩き落とそうとしてきた。

ブゥン。

空振りとなって、たたらを踏んだところへ、修理之亮は竹刀を小手に撃つ。木剣は床を転がり、男が参ったの片手を上げると、町人弟子たちからヤンヤの喝采が上がった。

井戸端で汗を流している修理之亮に、道場主の半九郎が困ったような笑いを投げ掛けてきた。

五十半ばになる加藤半九郎は、かつて修理之亮を道場の跡継ぎにと考えたときがあった。

「小身《しょうしん》の旗本など、堅苦しいばかりで先は知れておろう。町人相手の町道場主であれば実入りがよい上に、遊び放題だ」

このひと言に、修理之亮の気持ちは大きく揺らいだものだが、二百年余もつづいた家の廃絶を許す親であるはずもなく、手を廻した親が道場つぶしをしようとしたことで諦めた。

「加藤先生、なにかございましたか」

「おまえが叩いた浪人どもがな、どちらのご藩士かと訊《き》いてくる。まさか旗本とも言えぬゆえ東国の某藩と適当に申しておいたが、心得ておいてくれ」

「助かります。あの連中は、おそらく攘夷に駆られて出てきたのでしょう。幕臣と知られたなら、敵と見做《みな》されかねません」

「まことに。異人がやって来るというに、味方同士がいがみあう。おかしな世となったものだ」

町なかの道場主のほうが、御城にいるだけの幕臣などより、世の中をちゃんと見ている。しかし、町人相手の稽古屋の意見など、聞く耳を持たない幕臣どもだった。

さらに言うと、それを分かっていながら一つも手を打てない旗本が修理之亮なのである。

「申しわけございません」

「なんだ、急に謝ったりして。修理らしくもない」

「いえ。幕府に成り代わり、至らぬところを詫びたのです。いずれまた、汗を流しに参ります」

修理之亮は持参した普段着を、着流しにして道場を出ることにした。むろん、城に戻るつもりはなかった。

四

案の定、尾《つ》けてくる者がいた。町人を装ってはいても、足取りは侍だった。浪士だかの仲間であろうが、修理之亮の腕を見て、味方にしようと考えているのかもしれない。

なんであれ、堂々と名乗ってこないのが気に入らないのだ。

──新しい天下びと掃部頭のごとく、嫌われても大上段にふりかざすのが侍ではないか。

ふり返って詰め寄り、頬げたの一つでも張りたくなったが、江戸の路上ではと足を進めた。

尾けられているのなら、滅多なところへは向かえない。御城でも番町の自邸でも、加太屋も新門一家もとんでもない結果を見る。

であるなら、いっそのこと吉原の廓《くるわ》へと歩みを変えることにした。

位ある花魁《おいらん》より数倍もいい女を娶《めと》ったばかりだが、色ごととは比べてはいけない。いついかなるときでも、その気が芽生えさえすれば愉しいのだ。

汗をかいて腹を立てた今、その気がムクムクと勃《た》ち上がってきた。俄然《がぜん》足取りも早まり、後ろから尾けている男が、気にならなくなってきた。

三年前の大地震から新装なった官許の色里吉原は、どこもかしこも賑わいを見せていた。まだ明るい昼なのに、である。

江戸二丁目の路地に入ったとたん、目敏《めざと》い男の声が修理之亮を呼び止めた。

「待ってましたぁ。よっ、色男。花魁が泣きの涙で、まだかまだかと」

言いながら腰を押してくるのは彦三屋《ひこぞや》の番頭千吉《せんきち》で、修理之亮の風呂敷包みを奪い取ったのは遣り手《やりて》のおすぎである。

「いけませんですよ、馴染みの見世《みせ》を通りすぎちゃ。お手水《ちょうず》は、手前どものところで」

露骨な物言いが、笑いを誘う。それがまた、陽気にさせた。

「みな息災のようだな」

「そりゃもう、亡くなられた花魁たちの供養代をって、稼ぎませんことにはね」

「嘘をつけ。年季の明けぬ前に下敷きとなった女たちの、元を取り返そうとしておるのは知ってるぞ」

「なんですねぇ、大きな声で。さぁさ、若。どの娼《こ》でも、よりどりみどり。馴染みの花魁のなんのとは、申しません」

吉原もまた変革を見たとは、誰もが口にした。

幕府の政《まつり》ごとは黒船の到来一本槍だったが、ここは大地震ゆえだった。

十年に一度は必ず大火に見舞われる吉原だが、ふしぎと女たちが焼け死ぬことは少ないのだ。

身を売る女こそ商売物であれば、それを商う者は第一に避難させる。

「しかし、四方を堀と塀に囲まれているのではないか」

半可通は、そう言って首を傾《かし》げた。知る者は、こう答えた。

「見世にとっては、大事な飯の種だろ。客にしても、肌を合わせた女には情がうつってる。とすりゃ、半鐘《はんしょう》がジャンと鳴ったらイの一番に逃がす。大門だけでなく、四方に木戸があるのさ」

「であったとしても、廓を出た女はどこかへ失《う》せるだろうに」

「遊女に行くあてなんぞ、どこにもねえよ。苦界《くがい》に身を沈めた女は、実の親兄弟でも引き取らねえもの……」

それを痛いほど知っているから、逃げた女は決められたところに戻るのであり、翌々日から仮宅《かりたく》で見世が再開できるようにもなっていた。

ところが地震は、火事とは大いにちがった。逃げ出す前に、押しつぶされたのである。それも城のごとく石垣で押さえただけの造成地が崩れたのであれば、客とともに圧死した人数は千人にもなった。

喉元すぎればとは言わないまでも、廓という色里は陽気でないと客は寄りつかない。

修理之亮は、それに応《こた》えることにした。

「よりどりみどりは、本当であろうな。いやだぞ、売れないのを押しつけてくるんじゃねえか。おすぎ」

「おほほ。半期に一度の、処分市。見切りの品なら、半値以下」

大笑いとなった。

暖簾《のれん》をくぐる修理之亮は尾《つ》けてきた男を横目で捉え、それとなく番頭の千吉に囁《ささや》いた。

「あそこに商家の手代ふうの、渋い茶色の帯をした野郎、分かるだろう」

「えっ。あぁ、お侍でしょうね」

「そのとおりだ。あれを客にして、敵娼《あいかた》となった女からなんでもよいから、男のあれこれを聞き出してくれぬか」

一分銀《いちぶぎん》を握らせると、千吉は愛想よく男に近づいていった。

見世に揚《あ》がった修理之亮は、見切り品ばかりを三人侍《はべ》らせ、騒ぐことにした。

おへちゃに、太った女、大年増《おおどしま》を並べ、昼の酒盛りとなった。

襖《ふすま》一枚隔てた部屋に尾けてきた男を入れさせ、聞こえるほどの声で法螺《ほら》を吹きはじめた。

「わが殿とて人の子なれば、大老どののなさることに異を唱えられるはずもなしだ。が、いささか横暴に過ぎるふるまいがあってなぁ……」

「お侍さまは、江戸藩邸《あなど》のお方でありぃすかね」

「うむ、東国の小藩と侮られておる。阿部伊勢守さまの頃は広く意見をと思うことそのままを述べられたが、今は握り潰されてたよ。大老どのにな」

「長いものには巻かれろでは、ないかいの」

「あの鼻のでかい異人の畜生《ちくしょう》どもが、この見世にも揚がってくるぞ」

「怖いでありんす。どうぞ、お侍さまには足繁く来てくんなまし」

端下《はした》女郎の廓ことばが、滑稽だった。これじゃ深川の岡場所と同じではないかと、盃を重ねた。

とうに抱く気は失せていた修理之亮は、悪酔いを装って立ち上がった。

「厠《かわや》へ参る……」

フラリとよろけ、徳利を手に足をもつれさせたふりをして、向かいの襖に倒れ込んだ。

「あれっ」

女が支えようとするのを振り払って、唐紙《からかみ》を突き破った。

べリべリ、ドタン。

目の端で件《くだん》の男を捉えると、取り澄ました顔でいる。怒らないのが、いかにも嘘っぽかった。

気弱な商人でも、相手が侍であっても眉を寄せるくらいのことはする。案の定、男の掌《てのひら》には竹刀胼胝《しないだこ》ができていた。

「おぉ、済まぬことをした。ヒック」

修理之亮は噯気《おくび》をしながら、男の目を覗き込んだ。

薄笑いをする目の奥に、鋭く光る企《たくら》みのようなものが見え、放っておくつもりでいた修理之亮の胸の内が燃えはじめた。

「どこのどなたか知らぬ。しかれども町人を装っての聞き耳は、赦《ゆる》しがたいな……」

「――」

言い当てられた男だったが、目を逸《そ》らしはしなかった。

女たちは、なにが始まるのかと硬くなっている。

なんとも間《ま》がわるい上に、言うべきことばが思いうかばなかったが、修理之亮は手に徳利があることに気づいた。

黙って徳利を男の顔の前に、突き出してみる。一瞬、目を剝《む》いた男は、徳利を受け取ると口をつけて呑みはじめた。

「いっぱしの人物と見させてもらった。先刻、道場にいた不逞《ふてい》浪人とはちがう」

「あの連中とは、一面識もござらぬ。拙者《せっしゃ》、元水戸藩士、日下部《くさかべ》伊三次《いそうじ》と申す者。生まれながらの薩摩者でごわす」

四十半ば、薩摩のと言うが野暮さはない。

「決めつけるものではないが、日下部どのは水戸ご老侯のため命を投げ打つ覚悟とお見受け致す」

「命のなんのと大袈裟《おおげさ》でございましょう」

女郎とはいえ、ここには耳と目があると伊三次は目で物を申してきた。

「おい、おまえたち。今夜は、おれが買った。心ゆくまで眠っておれ」

修理之亮は女どもを自分の揚がった部屋にあつめ、日下部とは向かいのここで話すつもりになった。

女たちは朝まで一緒にいたいと駄々をこねたが、怖い目を返すと素直に従った。

「いやらしいこと、男同士が一つ枕でありんすかいの」

「男ならではの、色ごともある」

伊三次のひと言に、修理之亮は笑えた。

――この侍、野卑《やひ》でもない……。

襖を立て直し、ふたりきりになった。よく見ると、伊三次は英俊な額に精悍さを秘めた学者侍のようでもある。

こんな世の中でないなら、是非にも親しくなってみたい男に思えてきた。

「ところで、なにゆえ東国の小藩士でしかないわたしを尾けて参られてか」

「道場にて拝察致した見事な腕前、加えて盗み聞いた天下びとへの中傷、東国にも志士がおられたかと嬉しくなり申した次第」

「貴殿が拙者を見たのは、剣の捌《さば》きのみでありましょう。大老への不満は、ここへ参ってからのことではありませんか」

「左様。当節の武士に真の剣士がありしこと、興《きょう》をおぼえました。と申す以上に、その腕をお借りしとうござる……」

「――――」

冗談ではないらしいと、修理之亮は伊三次の眼を覗き込んだ。重要な人物の警固を頼みたいのか、それとも人を斬ってほしいのかであろう。

「が、脱藩をなさりそうもないと、諦め申した。ご貴殿が藩主を思う心持ち、分かりましたゆえ」

「分かっていただけたなら、ありがたい。残念ながらと、申し上げます」

「ご無礼つかまつった。では、これにて」

日下部伊三次なる男は、かたちよく一礼すると出て行った。

薩摩の者で、水戸藩士でもあったという。両藩とも、井伊大老とはまったく異なる立場にあるのだ。

――掃部頭を、斬るつもりか。

まさかとは思う。しかし、己《おの》れの主君である老公を愚弄《ぐろう》して押し込めた男を、忠義一途の藩士は赦《ゆる》せないのではないか。

刃傷《にんじょう》に至るかどうか分からないながら、掃部頭直弼を大老にした切っ掛けを作ったのは、紛《まぎ》れもなく修理之亮なのである。

政ごとに関われないひとりの旗本が、とんでもない天下びとを誕生させたことに、廓見世のベンガラの壁が血の色に見えてきた。

五之章　雪の桜田御門

一

下田へ出向いたことで、修理之亮《しゅりのすけ》は攘夷《じょうい》を言い募る浪士や加担する侠客《きょうかく》を名乗る連中が増えつつあるのを、身をもって知っていた。

その一方でアメリカ領事のハリスは、執拗《しつよう》に正規の通商条約締結を求めつづけ、幕閣を慌てさせている。

「大砲《おおづつ》を備えた台場、そして弾丸《たま》は数百ほど入用だ」

「いかなる答申をするにせよ、銭《かね》がないのではどうにもならぬ」

城中では判で捺《お》したような話ばかりとなり、誰彼となく言い合った。

「ましてや、軍艦と呼ぶ鉄甲船や台場を造るには、半年や一年はかかるであろう」

「仕方あるまい。大老どのに従って、調印致すか。とりあえず……」

幕府中枢にある者たちはアメリカとの条約を、甘んじて受けるしかあるまいとの考えに固まりつつあった。

そうした中で修理之亮はというと、つんぼ桟敷《さじき》に置かれていただけでなく、暇をもて余していた。

もとより大奥に将軍家定《いえさだ》の出入りはなく、異人が上陸するとの噂は奥女中たちをも震え上がらせていれば、新誂《しんちょう》の着物とか、宿下《やどさが》りといった要求は絶無だったからである。

「今月も、出銭に変わりはございません」

御広敷役《おひろしきやく》の修理之亮にもたらされる出納《すいとう》報告は、これだけだった。

そればかりか大奥ご老女が言ってくる話はまったくなく、城と自邸を往復するだけの毎日がつづいている。

帰れば、人の羨《うらや》む美しい妻女。抱き飽きるほど褥《しとね》を重ねられるはずと意気込んだものの、暇だからできることではないことが分かった。

俗に、英雄は色を好むという。なるほど英雄とは忙しいものであり、好む暇などないのだが、女色《にょしょく》を漁《あさ》ることにも旺盛な者のようだ。

いつも以上に暇であったのに、知らず回数の減った修理之亮となっていた。子どもを欲する妻女しまだったが、修理之亮に気を遣って済まなそうにつぶやいた。

「申しわけないことながら、今朝も月のものを見ておりますました」

「焦るものではなかろう。それより、西国から虎狼痢《コロリ》なる疫病《えきびょう》が江戸に流行《はや》りつつある今、用心をせねばならぬ」

「はい。瀧山《たきやま》さまより、渡来の薬をたくさんいただいたばかりです。聞くところの虎狼痢は、お腹を下して三日後には熱を出すとか。小さな子に限らず、大人も同様とのこと。あなたも、お気をつけくださいませ」

旗本であれば妻は夫を殿と呼ぶものだが、しまはあなたと言う。これがまた、修理之亮には嬉しかった。

そんな秋、虎狼痢はとうとう江戸に蔓延《まんえん》を見はじめた。

町奉行所は南北揃って水際で追い返すべく動きだそうとしたが、横浜の小柴沖《こしばおき》でアメリカと条約が結ばれることになったのである。

ハリスの側は、攘夷の者たちが暴れ込むことを想定。警固に不安ありと、艦船上で調印したいとの意向を主張した。これに幕府も同意した。

「警固の手間がはぶける。残るは物見高い町人どもの、整理だ。となれば、町奉行所に願おう」

虎狼痢対策より、見物人整理に人手を取られてしまった。

調印がなされた直後、祝砲と称した二十一発ものドカンが江戸じゅうをおどろかせた。

日米修好条約と名が付き、和親と同様の文字が付いたのは、阿部伊勢守正弘《いせのかみまさひろ》の思いが踏襲されたのは嬉しかった。

が、おどろいたことに幕府方の調印筆頭名は堀田備中守正睦《びっちゅうのかみまさよし》であり、大老井伊掃部頭直弼《かもんのかみなおすけ》の名は載っていないと聞かされた。

「嬉しく思わない水戸さま方に、仮の条約と言いくるめるためであるとのことでした……」

私《わたくし》用人の北村祥之進《しょうのしん》が聞いてきたと、目を丸くして伝えてきた話である。

その掃部頭直弼も、この数ケ月なにも言ってこない。大奥が大人しいからでもあろうが、八面六臂《はちめんろっぴ》の多忙を極める大老のようだ。

多忙の手はじめは条約調印の筆頭者である老中、堀田備中守の罷免《ひめん》からだった。

しかし、それは蜥蜴《とかげ》の尻尾切りではないと知らされた。

「もし異国と戦《いく》さとなり、わが六十余州の地を割るようなことあらば痛恨の極み。勅許を待つ暇《いとま》なし。この掃部ひとりが、無勅許の責めを負うものなり」

言い切った直弼は、赤鬼のようだったという。

が、このひと言が城外に洩《も》れるわけもなく、水戸家をはじめ攘夷を奉ずる者たちは皆、井伊掃部こそ国賊なりと牙《きば》を剝《む》きはじめたのである。

城中にいる修理之亮に、そこまでは分かりようもなく、そうした話のほとんどは、影の豪商加太屋《かぶとや》であり、浅草の新門辰五郎《しんもんたつごろう》のところで聞かされたものだった。

「京《みやこ》では手入れが、はじまったそうでございます」

「手入れと申すのは、役人の探索か。誠兵衛《せいべえ》」

「大老さま直々《じきじき》の下命とかで、京都町奉行ではなく、その上に在わす京都所司代さまが動いておるようでございます」

「さすが天下の加太屋、京でのあれこれを手に取るほどに」

「はい。手入れは公卿方《くぎようかた》にまで及んでいるとか。勅許せぬまま調印に至ったことを帝《みかど》は激怒なされたそうですが、身近な手足となる公卿に目を光らせたことで、思うに任せぬと……」

「掃部どのは、右府《うふ》信長になったか」

「真の天下びとで、あるかもしれません」

「歯にものが挟まった物言い、その次に出ることばは？」

「本能寺、にならぬとよいのですが」

「……。馬鹿を申せ。本能寺に斃《たお》れた天下びとは、一揆の者や叡山《えいざん》に立て籠った連中を皆殺しにしたのだ。掃部どのは、さまで残虐ではないであろうに」

「そうでしたな」

加太屋誠兵衛は頭を掻いて見せたが、その目の奥に光るものがあった。

もう一方の辰五郎のほうは、もっぱら市中の出来ごとに通じていた。

「市中の火屋《ひや》、夏の今どこも三日待ちです。虎狼痢《や》に殺られた三万ほどの仏《ほとけ》が、焼かれるのを待ってまさぁ」

焼却場が足りず、そのまま土中に埋めるところも出てきたという。

「埋めるにしても深くは掘れず、野良犬がそこを掘りはじめたと聞いちゃ、ひと晩じゅう見張りですよ」

火事で焼け死んでくれたほうがと、思わず口にしてしまった辰五郎は、苦笑いを見せた。

「忘れておったのだが、大名家の奥女中といい仲になった例の若い火消はどうしておる」

「あはは。吉三郎《きちさぶろう》の野郎は、ひと目なりとも女に逢いたい一心で、げっそり痩せちまいました」

「大丈夫なのか」

「さてねぇ。恋患《こいわずら》いもああなると、手に負えませんや」

「放り出すか、一家から」

「危ねえ。大名屋敷に、独《ひと》り討入りをしかねません。斬られて、ハイ左様ならでしょうけどね」

見張りを付けて、座敷牢のようにしてはいるが、湯屋に連れて行くのも厄介だと辰五郎は嘆いた。

そうした話を耳にして江戸城へ戻った修理之亮に、あろうことか一大凶事が待っていたのである。

城そのものが水底にあるような、息もできないほどの張りつめた闇をつくり上げていたのだ。

「…………」

広敷門を入ると、番士のひとりが駈け寄ってきた。

「阿部さま、上様ご薨去《こうきょ》にございます」

「えっ」

聞き返すまでもなく、薨去のことばだけが頭の中に渦巻いた。

重篤の床《とこ》にあると知っていたが、三十五歳はあまりに早くないか。御典医はなにをしていたのだ。台所方は、病《やまい》にある上様への配慮を欠いていたのか……。

なにもかもが、後手に回ったのである。

修理之亮は一度、御鈴《おすず》廊下で家定公を抱え上げている。また長持《ながもち》の中に潜んだ上様に、ことばを掛けられてもいた。

そんな旗本がどこにいようか、修理之亮をおいて他にいるわけもない。

後にも前《さき》にも家定こそ、余計なことを考えずに接することのできる将軍であり、人物だった。

喪失のふた文字が、悲しさまで打ち消し、持って行き場のない憤《いきどお》りが胸の内を塞《ふさ》いだ。

用部屋に祥之進があらわれ、喪に服すべく着替えをと、白い無紋の一式を携《たずさ》えてあらわれた。

「これは」

「御広敷役さまは大奥の方々同様にあるべしと、これがもたらされました。お中《ちゅう》臈《ろう》以上にある御女中方は、白と決まっているそうです」

「いつまで」

「分かりかねますが、百日それとも一年はこのままかと。着替えの白装束は、三着ございます」

考えもしなかったが、受け入れるより仕方なかった。

「しばらくは広敷と自邸との往復のみで、ひたすら大人しくしていることになるか。そこで祥之進には、おれの代わりに市中あちこちへ使者となってもらいたい」

「承知致しました」

これから一年のあいだ、修理之亮は手足をもがれた達磨《だるま》のごとく、城中の誰とも話すことなく過ごすことになっていた。

祥之進からは、三日にあげず話がもたらされた。

はじめに耳を疑ったのは、家定公に毒が盛られたとの噂だった。

「馬鹿な、毒見役もおる。ましてや上様を亡きものにして、得する者があろうか」

修理之亮は一蹴した。

つづいての話は、さらに信じ難いものだった。

御広敷添番《そえばん》の松本治太夫《じだゆう》が、話をもたらせた。

「十四代さま紀州慶福《よしとみ》公は、家茂《いえもち》公と名乗られます。その征夷大将軍認可への勅使が、上座に立ちましてございます」

「――。朝廷からの使者が、幕府の上座に」

家康公以来、常に勅使は将軍の下座にあるものだった。これが入れ替わったのである。

「大老は、それをなんと」

「分かりかねまする」

治太夫は、修理之亮の腹立ちに、平伏《へいふく》したまま後退《あとずさ》った。

市中の虎狼痢禍はつづき、魚屋と料理屋が酷《ひど》い目を見た。

「生の魚が疫病をもたらすと、もっぱらの評判です。また料理屋での会食も伝染《うつ》りやすいとされ、休業が増えております」

そこへ凶作による米の高騰が追い打ちをかけ、いよいよ市中で打毀《うちこわ》しが起きるかと、米屋や質屋が怖れを抱きはじめた。

蘭方医の伊東玄朴《いとうげんぼく》が種痘《しゅとう》なる新しい医術を広めんとしたものの、多くの町人は怖がって寄りつかないでいた。これも不穏だったからにほかならない。

天下びと大老が烈火のごとく吠えたのは、そんなときだった。

水戸が朝廷と結んで、密勅《みっちょく》を賜《たまわ》ったというのだ。

なにごとであれ、帝が出す勅諚《ちょくじょう》は、幕府へ出されなければならない。それが頭ごなしに、水戸藩邸にもたらされたのである。

「嘘ではないか」

「いいえ。御三家ともあろう水戸さまが、公儀を蔑《ないがし》ろに……」

直弼の私《わたくし》用人である長野主膳《しゅぜん》が、裏まで取って確かめたという。

修理之亮には密勅の中身がなんであるか、考えられないでいた。分かったのは、幕府の威厳が失《う》せていることと、六十余州が二分するかとの危惧だった。

大老は将軍の名をもって密勅の返却を命じたが、梨のつぶてとなり、

「水戸、ならびに尾張、越前福井、一橋《ひとつばし》どもへ命ず。隠居、謹慎、登城禁止と致すっ」

赤鬼は最後の一手として、反対派へ大きな制裁を加えたのである。これぞ正しく、粛清《しゅくせい》だった。

かねてからの犬猿の間柄にあった水戸の斉昭《なりあき》らは表舞台から下ろされ、井伊直弼の独り舞台が出来あがったのである。

が、この舞台に幕を下ろせる者は一人もいなかった。

主役であり、座主《ざぬし》でもあるのが、掃部頭なのだ。

やがて京都などから攘夷の手先とされた藩士や浪士、学者たちが捕えられ、江戸に送られてきた。

水戸藩京都留守《るす》居役《いやく》の鵜飼《うかい》某《なにがし》、公家鷹司《たかつかさ》の家司《けいし》小林某、ほかに梅田雲浜《うんぴん》、頼三樹三郎《みきさぶろう》、橋本左内《さない》、吉田松陰《しょういん》、近衛《このえ》家《け》の老女などの名が数十人、修理之亮の手元へ書いた物となったもたらされた。

――知らぬ者ばかり……。

しかし、その末尾に日下部《くさかべ》伊三次《いそうじ》の名を見つけ、目をこすった。

吉原の廓見世《くるわみせ》で、薩摩《さつま》生まれの元水戸藩士と名乗った男にちがいない。さすがにこれはと、修理之亮は直弼のところへ祥之進を走らせた。

すると、井伊家の番士のひとりが広敷にやってきた。

「阿部どのは、日下部なる者をご存じですか」

「一度だけなれど、町場の道場で」

さすがに吉原でとは言えなかったが、四十半ばの役者にしてもよいような元水戸藩士だったと口にした。

「まちがいござらぬ。その日下部こそ薩摩と水戸、そこに朝廷までを結びつけ、勅諚を水戸へ送る仲立ちを致した者です……」

「日下部は、いま江戸に」

「小伝馬町《こでんまちょう》の牢へ、押し込めてござる。なかなか口を割らず、手を焼いておる次第」

「口を割らせるとは、なにを」

「おのが主君らを煽《あお》ったあれこれを、聞き出すのです。どの道、遠島となりましょう」

大名たちを罰した理由を明らかにするだけ、と笑った。

日下部伊三次は、廓見世で、修理之亮の腕を見込んだと言っていた。

とするなら、なんらかの暴挙に出ようとしていたのではないか。それがなにを意味するか、もう知りようもなかった。

「反井伊派は一掃され、ひとり天下となる」

城中にある者は、これで幕府は一枚岩になると信じた。

「数を頼むというものでもなかろうが、条約を破棄せよとか、京都にお伺《うかが》いを立てろなんぞと言いだし、あげくは上様は若すぎると今さらながらのことを攘夷連中は言い立てる。反論などないほうが、国是《こくぜ》は定まるもの……」

これを修理之亮は、気味わるく聞いた。反対する意見があってこそ、より良い国是が作られるものなのだ。

全員が諸手《もろて》を挙げて賛成するなど、いいとは考えなかった。

——はじめて会ったときの井伊さままでは、もうないのだろうか。

あの日の直弼は、融通無碍《ゆうずうむげ》だったように記憶している。黒船の再来に市中警固を言い立て、異国から帰還したジョン万次郎《まんじろう》を通詞《つうじ》に登用すべしとまで言ったのである。

まるで排斥《はいせき》した水戸老侯の頑迷さが、乗り移ったかのように思えた。

二

水戸老侯へ、さらなる重い処断がなされた。その永蟄居《えいちっきょ》が言い渡された翌安政六年の夏で、入牢《じゅろう》していた者たちが相次いで処刑されている最中である。

「遠島ではなく、死罪――」

聞かされた修理之亮は、思わず声を上げた。

「して、日下部伊三次と申す者はいかに」

「すでに昨年の暮、獄死と聞いております」

京都では主だった公家たちが落飾させられ、世間は安政の大獄《たいごく》と名を付けた。身分の低い者から引っ捕え、有無を言わさず首を刎《は》ねる。それによって水戸一派への同調者は、表に出て来なくなっていた。

一年余の喪《も》が明けた。

なにもできずにいた一年は、毒見役をしていた時分ほどに辛かった。

修理之亮はまず、加太屋誠兵衛のもとを訪ねることにした。城中でも知ることのできない話が幾つもあろうと、勇《いさ》んだ。

「喪明けとなりましたこと、お喜び申し上げます」

「挨拶など無用。この一年で変わったこと、なにか」

「この春、御広敷役どのに洩《も》れうかがってと、井伊掃部さまのところより用人さまが参りました」

「銭《かね》の無心か」

「そうなるのでしょうが、なかなかのご提案でございました。来年早々、正式にアメリカへ幕臣を渡航させる。ついては軍艦を造りたい、将軍家へ寄進をと」

「…………」

意外すぎる話だった。攘夷を押し込めるのではなく、広く異国のあれこれを見て参れとの勇断であり、なおかつ自国の黒船で出発させたいというのだ。

誠兵衛はふたつ返事で受け、かなりのものを差し出したという。修理之亮は嬉しく思った。

「なれるなら、わたしも同行したい」

「井伊さまへ口添えしてもよろしいところですが、確か下田へ向かう船に酔ってしまったのでは。アメリカ国へは、数十日も海の上にあるのですぞ」

「役立たずになってしまうか、このおれは……」

「でございましょう」

笑われた。

ほかに知り得た話は修理之亮も知っていたことが多く、外様の大藩が独自に武備を強化しはじめたことだけは、聞くに値した。

「抜け荷、ということになるであろう」

「出どころを追えばそうかもしれませんが、脱藩したお侍が商売に手を染める例が出て参りました」

「侍が」

「なにを考えてのことか図りかねますが、新式の鉄砲や大砲《おおづつ》、なかには短砲《たんづつ》なる懐《ふところ》に納まる鉄砲を調達し、売っておるそうです」

「攘夷どもの黒船への威嚇《いかく》だけでは、ないっ」

「はい。わるくすると六十余州、身内同士の喧嘩になります」

「関ヶ原となるか」

「そうなれば、異国がここぞと介入して参りましょう」

「………………」

国是どころではない。六十余州至るところ、異人が跋扈《ばっこ》しはじめるのである。

が、内乱を誰が止められるというのか。知らぬまに、幕府の統率が利かなくなっているとの話だった。

世の中が、かつてないほどの力で揺れている。修理之亮は両手を膝の上で握りしめた。

安政七年正月、アメリカの軍艦と日本製の軍艦咸臨丸《かんりんまる》が幕臣を乗せ、品川を出航をした。

「途中で沈むなんてぇのは、嬉しくあるめえ」

「狸《たぬき》の泥舟《どろぶね》じゃなし、日米どっちも同じようなものだ。来月には着くんだろ」

「それが分からねえそうだとよ、お天道《てんと》さま次第らしい」

見送るのでもない見物人たちは、勝手なことを言っていたという。

修理之亮に代わって品川まで出向いた祥之進は、乗り込んだ幕臣たちが思いのほか堂々としていたと笑顔を見せた。

「それにしても黒船は、後ろ向きにも進むのです。碇《いかり》を上げると、すぐに見えなくなってしまいました。速いことは、巨《おお》きな猪牙舟《ちょきぶね》のごとしです」

「そなたも、乗りたかったか」

「はい。若い内に渡航してみたいです。そのために、ことばを学んでおります」

祥之進の膝に、蕃書調所《ばんしょしらべしょ》で書き写したというものが、束《たば》になっていた。

「最初におぼえたことばは、なんだ」

「イエス。左様なり、との意です」

晴々とした祥之進が、とてつもなく羨《うらや》ましく思えた修理之亮だった。

「独り身であるとは、いいな。異国へ雄飛か」

「なにを仰《おお》せやら。修理さまはまだ二十八。大老の掃部頭さまが埋木《うもれぎ》と称し、冷めしだった頃と同じはありませんか」

「――。人生とは分からぬものなのかもしれぬ。一寸先は闇、ではなく光が射すこともある」

「異人が大勢到来すれば、大きな変化が来るでありましょう。それを闇とせず、光にするのが幕臣の務めと考えます」

御広敷役となって二年余、修理之亮は自分が停滞していたことに気づいた。それを二十歳となった私用人に、教えられたのだ。

「負《お》うた子に、教えられか……」

「いけませんよ、教えられたで終わっては。知行合一《ちぎょうごういつ》、実践してこそです」

祥之進は膝にあった紙の束を抱え、そそくさと出て行った。

彦根城下にあったときの直弼は三百石のあてがい扶持《ふち》で「和歌《うた》、茶湯《おちゃ》、能《ポン》の若様」と陰口を叩かれていた。

三十五万石藩主の末弟であっても、政《まつり》ごとに関われるはずはなく、道楽にうつつを抜かす毎日だったという。

出入りできる座敷牢にいるも同然だが、居合術と坐禅も怠《おこた》らなかった。指南役を招いての居合稽古は免許皆伝となり、寺で瞑想《めいそう》することは不遇の身を癒《いや》す術となっていた。

それらが役に立ったとか、これから役に立つであろうということではない。

「なにもすることがないと嘆くのではなく、生きている証《あかし》を不遇の中で創ってこられたのだ。それこそ、掃部頭さまの生き様か……」

修理之亮は生き様と口にして、眼を見開いた。

武士には死に様ということばはあるが、生き様なんぞのことばはなかった。

「生き様、わるくないな」

思わず繰り返してしまった。

他人が見ても恥ずかしくない在りようが、今の世の中にこそ必要なのではないか。

侍は、なにかというと腹を切ってと言い募《つの》る。死んで見せれば、なんでも通ると思い込んでいた。

が、切支丹《キリシタン》の異人に、それが通じるのか。通じないのなら、切腹ほど虚しい行為はなかろう。

答を出し掛けた修理之亮は、火消の吉三郎を思った。

――彼奴《きやつ》が侍であったら、井伊家の門前で腹を切るにちがいない。しかし、吉三郎は己《おの》れの想い以上に女の想いを知りたいと、死なずに耐えている。似たようなことを、ハリスがした……。

粘りづよく交渉の席に就こうとする異国の領事は、おれを信じないのなら、腹を切って見せるとは言わなかった。

――となると、ハリスは町人だろうか。それとも異国では、政ごとに町人も加われるのか。

修理之亮は思いつきが、的を射ている気がした。

――それを掃部さまは、知っていたのだ。

井伊家の先代は直弼の長兄だが、相当数の蘭書あつめをしていたと聞く。それを末弟が知らなかったとは思えない。とすれば、蘭語に長《た》けた者を招いているにちがいなかった。

天下の副将軍とうそぶく水戸の斉昭との差は、歴然としている。

直弼が赤鬼となったわけは、ここにあったのだ。

「これ以上、攘夷のなんのと吠えては、攻め滅ぼされますぞ。ご退席ねがう」

御三家の老侯を譜代大名が追い出すことは、かつてない不届きという声が上がっていた。それでも抑え込んだのは、一にも二にも斉昭の倅《せがれ》である一橋慶喜《よしのぶ》が将軍になれば、必ず影のように寄り添う父親の姿が見えたからにほかなるまい。

独断専横こそが井伊直弼の生き様であり、生きた証なのではないか。

修理之亮はゆっくりと立ち上がって、裸になった。そして下帯から締め直し、新たな自分を作り上げた。

浅草の新門一家へ行くつもりになったのは、その後の吉三郎を見たかったからである。

分不相応と別れさせられ、もう二年余になる。いくらなんでも、もう牢座敷ではなかろう。火消という江戸の華が、散ってしまうのか再び咲くのかを、知りたくなったからにほかならなかった。


いつにない市中の様変わりを感じた安政七年の、正月だった。

七日が過ぎても浅草であれば活気にあふれ、参詣客が通りを埋めるほどになるのだが、知らない寺町を歩いている気にさせた。

雪が降りそうでも、この町は陽気を装うところなのだ。

店先に立ち迷った客が買わないで出てしまっても、

「また、ねがいますよ」

笑顔で送ってくれると、次は買ってやる気になる。

それが今日は胡散《うさん》くさそうに、万引は止めてくれと言わんばかりの目を向けてきた。

町とは、そこに暮らす人々を鏡のように映すのだ。新門一家が様変わりしていないことを祈りつつ、伝法院《でんぼういん》前の暖簾《のれん》をくぐった。

「どちら様で――。あ、修理の旦那でしたか」

若い者が奥へ入っていったが、ここもまた重苦しさに搦《から》め取られているように見た。

頭《かしら》の辰五郎《たつごろう》が顔を出したが、いつもの勇みがうかがえなかった。

「お久しぶりで」

「邪魔をしたようなら、出直そう」

「来ていただいて、有難いところでさぁ。いえね、旦那にも助けていただきたい話ができちまいましたのです。吉の奴が――」

開口一番、吉三郎の名が出ておどろいた。

ひとまず奥に上がって、火にあたってくださいと辰五郎は居間へ入って行った。長火鉢《ながひばち》のほかに、丸い火鉢がふたつ。部屋は暖かいのだが、茶を運んでくる若い衆がなんとなく湿っぽいのである。

「吉三郎の野郎、ここから逃げちまいました。ひと月ばかり前ですがね……」

「なにをしでかすか分からないと、座敷牢に入れたのではないのか」

「ありゃ少しです。座敷牢なんぞに、火消が大人しくしているもんじゃありません。こっちはもういい加減に諦めたろうと、前と同じ扱いとなりました……」

仕事はこなす、当の本人も陽気を見せた。もう大丈夫だと今年の正月を迎えた三日目、吉三郎は帰ってこなかったと辰五郎は眉を寄せた。

「実家に帰ったのではないのか」

「あり得ませんや。火消てぇのは、親子の縁を切ります。二度と戻らず親孝行はできませんが、その代わり世間さまのお役に立ちますと言って、勘当のかたちを取る。町ですれちがっても、頭を下げて会釈するだけ。親のほうも、それをよしとします。実家の敷居を跨ぐ野郎なんざ、元より火消にはなれません」

辰五郎は言い切った。

「まさか、おこうとか申す奥女中のところへ」

「あっしらも、そう考えました。けど、大名家の屋敷じゃ訪ねるわけにもいかねえ。どこへ行ったものかと思案しているところに、井伊さまのご家来がやって来ました……」

彦根藩江戸納戸役《なんどやく》、浜野市太郎《はまのいちたろう》と名乗る初老の侍が、吉三郎と申す男は当家の抱え人かと訊《たず》ねて来たという。

そうですと答えると、吉三郎が裏門の脇戸を叩きつづけ困り果てたと浜野は顔をしかめ、前日の晩にあった出来ごとを話しはじめた――

「何者か知らぬが、もう四ツ刻を過ぎておる。明日また参れ」

門番が怒鳴り返しても、戸を叩きつづけてくる。無双窓《むそうまど》から覗き見ると、町火消の恰好をしていた。

「どこぞで、火事があってか」

「ちがいます。ご当家の御女中、おこうに逢わせてくれ」

「左様な者はおらぬ。帰れ」

大名、それも幕府大老の上屋敷である。いるいないに関わらず、町人を夜分に迎え入れるわけにはいかない。門番は決まりどおりに扱った。

しかし、火消は木戸を叩きつづけた。やかましいこと、この上ない。

夜勤の番士に頼んで、追い帰すことにした。

外へ出た番士が抜刀したものの、火消は怯《ひる》まないばかりか、逢わせろ逢わせてくれの一点張りで、始末におえなくなった。

広い大名屋敷とはいえ近所迷惑になってはと、屈強な男ばかりの中間《ちゆうげん》部屋に火消を預けた。

中間部屋で、おこうが井伊家の下屋敷にいることを知った。

が、大老となり敵が増えたことで、下屋敷にも警固が敷かれている。町火消が入れるところではないと、教えられた。

翌朝、吉三郎は上屋敷を出た。

納戸役の浜野がやって来たのは、どのような理由であれ、このようなことを二度とせぬよう見張るなり、罰するなりしてほしいとの理由からだった。

「その吉三郎がどこへ隠れたものやら分からねえままでして……」

新門一家は手分けして探しまわっているが、いまだに吉三郎を見つけられないと、辰五郎に代わって小頭の國安《くにやす》が口を開いた。

「下屋敷の周辺に、潜んでいるのではないだろうか」

「井伊さまの下屋敷は、二ケ所ございます。若い者に探らせてますが、今のところまったく。そこで、おねがいなのです。吉の野郎が馬鹿な真似をしねえよう、おこうさんを井伊さまの上屋敷に移してくださると有難いんです。なんとか、お口添えを」

警固が厳重な上屋敷であれば、騒ぎにはなるまいとの考えからだった。

「なれば女を、国表《くにおもて》の近江《おうみ》彦根に送るほうが――」

「吉ならば、近江の御城まで行くでしょう。けど、まちがいなく斬られます。いけませんや」

「二年ものあいだ、片ときも忘れぬどころか、ますます燃え上がったか……」

「女への想いってぇだけならいいですが、女を隠すのは赦せねえと矛先《ほこさき》が変わっちまうと厄介です」

國安の言うことに、修理之亮は引っ掛かるものをおぼえた。

井伊家が奥女中おこうを外に出さないとした理由《わけ》を、吉三郎にも辰五郎たちにも話していなかったのである。

修理之亮はすわり直し、おこうと元藩主とのつながりをかいつまんで話した。

「おれの失態だ。今の話をしておけば、吉三郎は諦めたのではないか」

辰五郎も國安も、それを言わないでよかったのですと口を揃えた。

「ふたりが出来る前ならまだしも、出来ちまった後にそう聞かされちゃ、さっさと吉は一人で殴り込みましたでしょう」

「親分の言うとおりで、おそらく吉は火消身分の自分が厭《いや》んなったんじゃねえかと思ってます。女のひと言を聞きたいだけですからね」

「そうか……」

親を捨てた火消である。火の中に飛び込むのも、惚れた女に命を賭けるのも、死を賭けた生き様なのだ。

修理之亮は駄目かもしれないが、奥女中を上屋敷へ移すよう井伊家に伝えてみると約束し、浅草をあとにした。

城中それも広敷にいる限り、世間というものは感じづらい。

新門一家からの帰りに井伊家上屋敷に寄った修理之亮は、奥女中おこうの移送を納戸役の浜野に伝えてくれとだけ頼んでいた。

その答がどうなるかは確かめようもなく、次から次へと政ごとを処理する掃部頭とは、城中で顔も合わせられないままだった。

妻女しまに、奥女中とはどこまで己《おの》れの裁量が通じるものかと訊ねると、

「大名家の奥向《おくむき》は、御城の柳営《りゅうえい》とはちがうでありましょう。また、ご藩主の考えにもよると思います」

素っ気なく答えられた。その言いように、修理之亮は思うままではなさそうなことが見て取れた。

そうした中、上巳《じょうし》の節句がひと月後となったとき、しまの嫁入道具のひとつ雛《ひな》人形が今年も飾られた。

瀧山から贈られたもので、内裏《だいり》雛一対と三人官女の二段飾りである。

修理之亮の母の人形もあったのだが、貧弱すぎて出せないのだ。

飾り終えると、しまは決まって老女瀧山の話をした。

「先代家定公が亡くなられたときは、まちがいなく瀧山さまは得度《とくど》なさるものと思っておりました。それがいまだに残《のこ》し人《びと》とされているのは、さすがでございます」

将軍代替りは、柳営と呼ぶ大奥でも入替えがなされるものと決まっていた。正室や側室は得度して仏門に、お目見《めみえ》得以下となる大半の女たちは暇乞《いとまご》いの名で宿下《やどさが》り、そして四半分ほどの者が残し人として次の将軍に仕《つか》えた。

どうなるのが幸いというものではなかろうが、宿下りした江戸城の奥女中は引く手あまたで、豪商の内儀に納まる者が多かった。商家のほうも、誉《ほまれ》となる。

残し人とは、柳営の仕来《しきた》りを守りつつ、女たちをまとめ上げる重要な役をもつ者だった。身分と役職ごと、要所となる女は残さねばならないのである。

とりわけ家定薨去《こうきょ》のときは、世子《せいし》が在《お》わすはずの西ノ丸は空《から》だったことで、新しい家茂公に従ってくる奥女中もほとんどいなかった。

十一代家斉《いえなり》公のときから仕え、大禍《たいか》なく柳営をまとめていた瀧山であれば、欠くべからずの御年寄だったのである。

「とはいえ上様家茂公は十三歳、女の城には今少しであろう。瀧山さまはお身体を休められておるはず」

「知らぬにも、ほどがございます。御広敷役ともあろうあなたは、御台様《みだい》にどなたを迎えるかご存じないのですか」

美しい衿足《えりあし》を見せつつ、しまに意外なほど強い口調をされ、修理之亮の背すじが伸びた。

「ご正室は、京からであろう」

「当然ですが、帝の妹御さまをとの話が出ております」

「――、宮家」

公家の娘あるいは養女を正室に迎えると決まっていたが、徳川に天皇家の血となれば話は飛躍してしまう。

帝と大君が兄弟になる。いったい誰が考え、言いだしたのだ。そして、どうして宿下りした妻女しまが知り得たのだ。

見つめ返した修理之亮に、しまはサラリと答えた。

「千人を超える女たちがおりました。宿下りの後も文《ふみ》のやり取りはございます」

「ほかにもなにか、目新しい話があると」

「わたくし、あなたの用人ではございません。もっとお働きあそばせ」

ピシャリと言い返された。

老中首座だった阿部正弘は、薩摩藩主の娘を公家の養女とし、家定の正室に篤《あつ》姫《ひめ》を迎えた。

――それ以上に、大老井伊直弼は帝の妹をと画策しているのか。幕府と朝廷がこれによって手を携《たずさ》えられるなら、六十余州は一つになるかもしれない……。

飾られた内裏雛一対を見ながら、修理之亮は人形が微笑《ほほえ》みそうな気がしてならなかった。

三

上巳の節句の三月三日は、在府の大名総登城が決まりとなっていた。

御広敷役の修理之亮も後方に座し、お目見得の一人として大名らのあとにつづき畏《かしこ》まる日である。

裃《かみしも》を着けて上様に拝謁《はいえつ》するのだが、馴れない装束はしっくりとせず、三度も着直していた。

「どうも上手くゆかぬ。御城内にて着直すほかあるまい」

「あなたは、裃のまま乗物に入れるとお思いなのでしょうか」

妻女に笑われ、首の後ろに手をやった。

「ここで稽古をし、登城して着けるのだな」

「桜がほころびたというに、昨日からの雪の凄いこと。咲く前に、散ってしまいかねませんね」

「しまは、散らぬな」

「……。どのような意味です」

「美しいままであり、おれは嬉しいと」

「醜《みにく》くなる前に桜は散りますが、わたくしは黒ずんで皺《しわ》だらけになっても、あなたから離れないのですよ」

「そうなるか、考えられぬが――」

言いながら修理之亮が顔を上げた先に、母が無表情ですわっていた。

玄関口が騒がしく、女中おたきが井伊家のお使者がと告げてきた。修理之亮は急いで廊下を走る。そこに、正装の五十男が立っていた。

「早朝より申しわけないながら、井伊家納戸役、浜野と申します。修理之亮どのでございますな」

「いかにも。して、ご用の向きは」

「用向きと申すほどではござらぬが、貴殿よりのお申し出が役立ちました」

「申し出とは、あぁ奥女中を上屋敷へ移すとの話ですか」

「お察しのとおり、火消の男は高田町の下屋敷へ入り込み、ひと騒ぎ致したようです」

浜野が笑っているので、修理之亮は大事に至らなかったかとホッとした。

「吉三郎と申す者ですが、捕えましたですか」

「なんの。逃げ足の速い男で、塀《へい》を乗り越えて失《う》せましてござる……」

恋焦《こ》がれる女が下屋敷にいると聞いた吉三郎は、警固の手薄になる夜分に屋敷へ入り、ひと暴れしたのだった。

が、おこうが上屋敷に移されたと知って、逃げ去ったという。

「ご承知とは存ずるが、奥女中おこうが井伊家の血筋をもつとの疑いは今も晴れておりませぬ。この上は国表彦根へ送るかと、考えておるところ」

「幽閉なされますか、女を」

「いや。いずれ藩士なりと娶《めあわ》せ、井伊家と無縁であるとの一条を差し出させるつもりでおります」

「火消との仲を、割くことに」

「致仕方《いたしかた》ござらぬ。吉三郎なる男を、彦根藩士にするわけには参りませぬでな」

忠義な井伊家臣は済まなそうに眉を寄せ、ことばを継いだ。

「さて、そこで今朝の用向きでござる。火消が下屋敷より逃げた折、わが大老へ直訴《じきそ》するとの捨てことばを吐いたとのこと。本日は、総登城の日。町人ひとりとはいえ、駕籠訴《かごそ》などされては恥となる。ご面倒ながら吉三郎なる者を見つけ、日を改めて訴えよと説き伏せてはいただけませぬか……」

大老の登城を早めるゆえ、修理之亮のお目見得参列に支障はないはずと頭を下げてきた。

「よろしい。吉三郎の顔を知るは、わたくし一人。お引き受け致す」

朝っぱらから、とんでもない話を持ち込まれ、苦笑せざるを得なかった。

熱い茶を一杯飲んで、修理之亮は仕度《したく》した上から雨合羽《あまがっぱ》と饅頭笠《まんじゅうがさ》を着け、足駄《あしだ》を履いた。

すでに雪が三寸ばかり積もる中、降り止まない中では傘など無用と、玄関を出た。

「ゆえあって徒歩《かち》にて参る」

「お駕籠は」

「行ってらっしゃいませ」

妻女らに送られ、番町《ばんちょう》の自邸を出た。

番町に近い半蔵御門《はんぞうごもん》から、井伊家上屋敷はすぐのところにある。緩やかな坂道の雪に足を取られつつ、火消らしい男を探しまわった。

——この大雪では、登城を見物する者も多くはあるまい。

いつもなら大勢が犇《ひしめ》きあっている中で吉三郎を見つけるのは至難だが、この大雪も天佑《てんゆう》と言えるだろうと思えた。

吉三郎は、いなかった。

井伊家上屋敷前に来たが、それらしい町人の姿もない。念のため上屋敷を一周してみるつもりで、裏手に廻ることにした。

三十五万石の譜代家は敷地も広く、塀も高くなっている。

雪は塀の上にも積もっていた。吉三郎が乗り越えたのなら、跡は残っていよう。が、どこにも見あたらなかった。

半周ほどしたところに松の木があり、野良犬がうずくまって……。修理之亮の足駄の音が、うずくまっていたものを動かした。

黒い塊《かたまり》が、走りだしたのである。

――速い……。

まぎれもなく吉三郎だった。追おうとした修理之亮は、雪に足を取られ、倒れながら叫んだ。

「新門の、吉三郎。話があるっ」

聞く耳など持たぬと、駿足はどんどん小さくなっていった。

足駄を脱ぎ捨てたものの、思うように走れない。

「待てっ。訴えるなら、おれがしてやる……」

降りしきる雪は、修理之亮の叫びを吸い取っていた。

上屋敷表門前に戻ったとき、井伊掃部頭を乗せた駕籠が三十名ほどの行列となって出てゆく姿が見えた。

そこに縋《すが》りつかんと、吉三郎が行列の殿《しんがり》へ声を放った。

「おねがい、申し上げますっ」

供侍《ともざむらい》たちが一斉にふり返り、雪中に両手をつく火消を見込んだ。

吉三郎の手には、なにやら書いたものが掲げられていた。

たちまち取り囲まれ、髻《たぶさ》をつかまれ顔を上げさせられた。

行列は、止まった。

「上巳の節句なるぞ、その大事な日になにごと。名を名乗れっ」

「き、吉三郎と申します。これを、御女中おこうさんへ」

「下郎《げろう》っ、血迷うてか」

殴られそうになったところへ、修理之亮は駈けつけた。

「しばしお待ちを」

「何者なる」

「直参御広敷役、阿部修理之亮。この者の、請人《うけにん》にござる」

「あっ、修理の旦那」

「吉三郎、今朝は日が悪い。改めて、おれが言い添えてやるゆえ」

「そんなんじゃないっ。おこうの気持ちを聞きたいだけだ。それを掃部頭が――」

囲んでいる侍が、吉三郎の頬を張った。

「町人ごときが、無礼ぞ」

その刹那《せつな》、どこからか枯れた声が轟《とどろ》いた。

「捧げまする」

動きはじめた駕籠列の先頭に、笠を被った合羽の者が進み出ていた。

――吉のほかにも、越訴《おっそ》か……。

大老の登城を狙っての訴えがあるのは当然と、修理之亮は黙って見つめた。が、訴状を掲げた者の背後から、笠を放り白刃を抜いて突き進んでくる数名が躍りかかろうとする姿が目に入った。

パン。

乾いた音はまぎれもなく短砲《たんづつ》で、供侍の半減した駕籠列が乱れた。

――暴挙とは、これか。

獄死した日下部伊三次が修理之亮に語ったひと言が、今まさにはじまろうとしていた。

駕籠を守る供侍たちは、太刀の柄袋《つかぶくろ》を外すまもなく、躍りかかってきた者たちに脚を払われ、拝み打ちに斬り下げられていった。

列を離れていた供侍たちが、おっとり刀で立ち向かってゆく。

修理之亮も助太刀《すけだち》をと駕籠に駈けつけようとしたが、抱えられた。

「離せっ、吉」

「いやです。掃部頭が、おこうを囲った天罰だ」

吉三郎に死にもの狂いで帯に腕を入れられた修理之亮は、抗《あらが》えなかった。

「ちがう。大老は奥女中を……」

さらに襲っていた討ち手は同志で、全員が白鉢巻《しろはちまき》に白襷《たすき》のいでたちが、同士討ちを避けていると知れてきた。

大老の駕籠を、ひとり守りつづける供侍がいた。上背《うわぜい》のある痩せた者だが、棒立ちのままだった。

闘わないのではなく、すでに事切れて駕籠にもたれていたのだ。

そこに今ひとりの討ち手が駈け寄り、掃部頭を引き出して首を刎《は》ねるのが、降りしきる雪の中にぼんやりと映し出された。

「止《よ》せ。止さぬかっ」

修理之亮は声を限りに叫んだが、またもや雪にかき消されてしまった。

ゴロリ。

音のするはずもないが、掃部頭の首は転がっていた。

表門が開き、バラバラと藩士があらわれたものの、直弼の首級は白鉢巻の者に抱えられ、持ち去られて行った。

彦根藩士らが追う。が、大雪は行く手を阻《はば》んだ。

「…………」

銃声があって今になるまで、五十も数えられなかったのではないか。それほど短いあいだの暴挙だったのである。

一面の雪が、飛び散った血や刎ねられた腕を、早くも覆い隠していた。虚空《こくう》をつかむように手を上げたまま斃《たお》れた者は、敵か味方かも分からない。まさに惨劇なのだが、白い雪が消し去ってしまった。

ようやく江戸城の桜田御門から、幕府役人が駈けつけてきた。

「井伊さまの、ご家臣なるや」

問われた修理之亮は、黙って首をふるしかなかった。

「ひとまず、取調べたいがゆえ、ご同道ねがいたい」

修理之亮は大小を取り上げられ、縄についた。吉三郎もまた、その後に従わされた。

赤鬼とされた天下びとは、成敗されたのである。

――それとも自身を生贄《いけにえ》にすることで、国が二分されることはないとの遠謀《えんぼう》があったのか……。

分からないまま、歩いた。

これを機に獰猛《どうもう》と化す者たちによって、血で血を洗う世の中になるのではないか。

短砲のような新しい飛び道具が、武士町人を問わず通用しはじめたら、女こどもまでが巻き添えとなる。

その犠牲者が、すでにいた。井伊家奥女中おこうだ。

罪はない。ただ男を好《す》いただけだった。

——もう、元には戻れない。誰も止められなかったのは時の流れで、雪の重さに耐えられず枝を折った桜のように。

直弼という桜も、おこう吉三郎という桜も、咲いて散らされたにすぎなかった。

縄を打たれた修理之亮に差しかけられていた傘にも、雪が層をなして載ってくる。

一瞬の風が、泥だらけの裾《すそ》を翻《ひるがえ》えした。それでも雪は止まず、あらゆるものを白く覆いつづけてきた。

コスミック・時代文庫

御《お》広《ひろ》敷《しき》役《やく》 修《しゅ》理《り》之《の》亮《すけ》
天下びとを守れ！

2024年7月25日　初版発行

【著 者】
早《はや》瀬《せ》詠《えい》一《いち》郎《ろう》

【発行者】
佐藤広野

【発 行】
株式会社コスミック出版
〒154-0002 東京都世田谷区下馬 6-15-4
代表　TEL.03(5432)7081
営業　TEL.03(5432)7084
　　　FAX.03(5432)7088
編集　TEL.03(5432)7086
　　　FAX.03(5432)7090

【ホームページ】
https://www.cosmicpub.com/

【振替口座】
00110-8-611382

【印刷／製本】
中央精版印刷株式会社

乱丁・落丁本は、小社へ直接お送り下さい。郵送料小社負担にて
お取り替え致します。定価はカバーに表示してあります。

ISBN978-4-7747-6569-3 C0193

COSMIC
時代文庫

永井義男 大人気シリーズ！

書下ろし長編時代小説

蘭学者の名推理

女郎を狙った連続猟奇殺人
凶悪犯罪の真の狙いは!?

秘剣の名医【十六】
蘭方検死医 沢村伊織

秘剣の名医
吉原裏典医 沢村伊織
【一】〜【四】

秘剣の名医
蘭方検死医 沢村伊織
【五】〜【十五】

好評発売中!!

絶賛発売中！

お問い合わせはコスミック出版販売部へ！
TEL 03(5432)7084
http://www.cosmicpub.com/

COSMIC 時代文庫

吉岡道夫の超人気シリーズ

傑作長編時代小説

医師にして剣客！

「ぶらり平蔵」決定版［全20巻］完結！

① 剣客参上
② 魔刃疾る
③ 女敵討ち
④ 人斬り地獄
⑤ 椿の女
⑥ 百鬼夜行
⑦ 御定法破り
⑧ 風花ノ剣
⑨ 伊皿子坂ノ血闘
⑩ 宿命剣
⑪ 心機奔る
⑫ 奪還
⑬ 霞ノ太刀
⑭ 上意討ち
⑮ 鬼牡丹散る
⑯ 蛍火
⑰ 刺客請負人
⑱ 雲霧成敗
⑲ 吉宗暗殺
⑳ 女衒狩り

ぶらり平蔵 決定版⑳

女衒狩り

絶賛発売中！

お問い合わせはコスミック出版販売部へ！
TEL 03(5432)7084
http://www.cosmicpub.com/